今日も、私は生きている。

世界を巡って気づいた
生きること、
死ぬことの意味

曽野綾子
Ayako Sono

今日も、私は生きている。

CONTENTS

第1章 幸福の収支決算

第2章　生きるための本物の力

第3章　ゆるやかな時間の中で

第4章 家族のあり様はそれぞれ

第5章　勝者もなく敗者もなく

第6章　宴の後に持つべきもの

装丁　bookwall
装画　古谷充子

第1章

幸福の収支決算

三秒の感謝

ごく若いうちから……時には子供のうちから死を常に考えるかどうかは、ひとえにその人の性格によるものらしい。私は子供の時から今まで、毎日死を考えない日はない。

自分の老いを戒めるつもりの『戒老録』も三十七歳の時に書き始めている。当時女性の平均寿命は七十四歳だったので、三十七歳はその折り返し地点だった。

死を引き当てに、私は生を感じてきた。心中（残念ながら男とのではない。私が幼かった時、母との）寸前まで行ったことがあるので、自殺とは何かも、当事者として知っている。私は幼い頃から徹底して、年より老成したい、と望んでいた。つまり私は死に近づくことで、それにようやく耐える方法を発見しようとしている弱虫だったのだろう。

私の尊敬している神父に、

「僕は結婚式の司会をするのは嫌いなんですよ。もう翌日にケンカして、別れたいって、言って来るかもしれない。安定が悪いんですよ。その点、僕は葬式は好きだな。静かで、答えが出てて、安心できて、あったかい」

と言う人がいる。私もほぼ同じような気持ちである。だから私は旅に出ても、すぐ墓地を歩きたがる。墓碑銘を一つずつ読み、会ったこともないその人の生涯に思いを馳（は）せる。静かな会話の時間である。

死に易くなる方法はないか、と言う人がいる。つまり怖がらずに死ねる方法はないか、ということである。

名案があるわけでもなし、あったとしてもまだ死んだ経験のない私には、それが有効である、という保証も見せられない。しかし多少はいいかな、と思う方法が一つある。

もし、その人が、自分はやや幸福な生涯を送ってきたという自覚があるなら、毎夜、寝る前に、「今日死んでも、自分は人よりいい思いをしてきた」ということを自分に確認させることである。つまり幸福の収支決算を明日まで持ち越さずに、今日出すことなのだ。

五十歳になった時から、私は毎晩一言だけ「今日までありがとうございました」と言って眠ることにした。これはたった三秒の感謝だが、これでその夜中に死んでも、一応のけじめだけはつけておけたことになる。

しかしもし一方で、人生を暗く考えがちの人がいるとしたら（私もその一人だったが）、人生はほとんど生きるに値しない惨憺たる場所だという現実を、日々噛みしめ続けることである。そうすれば死に易くもなる。

全く、現世はろくな所ではない。愛し合わない夫婦が共に暮らすことは地獄の生活である。しかし愛し合っている夫婦の死別もまた、無残そのものである。どちらになってもろくなことはない。

戦争も平和も、豊かさも貧困も、もし強い感受性を持っていたら、それなりに辛い状況である。貧困は苦しいが金持ちならいいだろうと思うのは、想像力の貧困の表れである。

この世が生きて甲斐のない所だと心底から絶望することもまた、すばらしい死の準備である。私は基本的にその地点に立ち続けてきた。

しかしそう思っていると、私は自分の生悟りを嘲笑われるように、すばらしい人にも会った。感動的な事件の傍らにも立ち、絢爛たる地球も眺めた。それで私は夜毎に三秒の感謝も捧げているのである。

人間が非人間的になる極限

不純な私は、読書には、大きく分けて、二つの読み方があるように思っていた。

一つは陽溜まりの読書とでも言うべきもので、自分の心に内容を溜めておき、いつの日か、それが、種子のように膨らみ、芽が出る、という気の長いものであった。もう一つは、現実の生活にその本が大きく係わってきて、どうにもならない、という切迫した意味を持つものであった。

ヴィクトール・E・フランクルの『夜と霧』は、私にとって、後者の意味を持つ決定的な本だったのである。

それは、決して実用性を意味するものではないが、それをも包含する、それ以上のものであった。

第二次世界大戦中に、ナチスが、いわゆる強制収容所で、ユダヤ人などを虐殺したことは、二十世紀の人間の精神史を構成する出来事としてもっとも大きなものだった、と私は考えている。

フランクルは一九〇五年ウィーンに生まれたユダヤ系の精神医学者である。ナチス・ドイツのオーストリア併合によって、一家は逮捕され、両親、妻、二人の子供とともどもアウシュヴィッツに送られた。そして彼以外の家族はすべてそこで殺された。『夜と霧』の中には、その妻を思う瑞々(みずみず)しい一節がある。

「私はアウシュヴィッツにおける第二日目の夜のことを決して忘れないであろ

う。その夜私は深い疲労の眠りから、音楽によって目を覚まさせられた。（中略）ヴァイオリンは泣いていた。そして私の中でも何かが涙を流した。なぜならばちょうどこの日、ある人間は二十四歳の誕生日を迎えたからである。この人間はアウシュヴィッツ収容所のどこかのバラックに横たわっている筈であった。従って私と数百メートルあるいは数千メートル離れているだけだった。——この人間とは私の妻であった」

私はカトリックの学校で教育され、高校生の時、洗礼を受けた。キリスト教は、性善説ではなく、性悪説である。

ただし、自分の内部にある弱さを（神によって）変質させ、高めることも可能である、という希望をも持つ性悪説である。

しかし、人間がどこまで悪いか、ということに関しては、私の乏しい想像力ではついていけないことが多かった。それを一挙に見せてくれたのが、ナチスであり、それを克明に、静かな分析力をもって記録してくれたのがフランクルの著作であった。

そして、ナチスの行為は、人間がここまで人間的でなくなることができる、という極限を示した、という点で、それは二十世紀の一つの大きなマイナスの遺産だ、というふうに私は感じていたのである。

誰しも簡単に悪魔になりうる

フランクルはこの著書の中で、すべての体験を極めて静かに語る。

囚人たちの間にあるのは、基本的には「激しい相互の生存闘争」であった。自分が死ななくて済むということは、誰かが代わりに死ぬことを意味していた。平和はお互いに望めば達成される、というような言葉に、私はもともと疑いを持っていたが、この本を読んでからは一層信じなくなった。その時、選ぶのは、人を殺して自分が生きるか、自分を捨てて人を生かすか、という選択であったが、もちろん私がもしアウシュヴィッツにいたなら、人を死に追いやって自分が生きるチャンスを摑むことに、ほとんど苦しみを感じないだろう、と思われた。

いわばこの本は、人間の弱さに対して目を開かせ、その結果、自分が十分に人並みな利己主義者であると認識することで、私の心に悲しみに溢れた解放感を残し、他人の弱さに出会った時は、それを自分の卑怯さと並列して考えねばならない、というもっとも大事な基本的な姿勢を私に植え付けたのである。

私はここに描かれている救済のメカニズムにも、心をうたれた。フランクル自身、アウシュヴィッツに到着した時、マントのかげに隠し持っているパンを隠そうとして、姿勢を正す。それが彼にがっちりした男という印象を与え、ガス室行きの列からはずされることになるのである。

フランクル自身、収容所の最初の夜、自殺しないことを自分に命じる。「アウシュヴィッツにおいては、まだ収容のショックの段階にいる囚人は死を少しも恐れなかった」からである。それが収容所の心理の第一段階である。

やがて、無感覚、感情の鈍麻、という第二段階がやってくる。自分が今日、一日生きていた、ということにだけ関心が集中される反応である。

しかしそれにもかかわらず、人間には意外にも、二つの関心だけが残るというのである。それは政治的関心と、宗教的関心である。

囚人たちは、生きるための最低の保証さえ得られない生活をしているにもかかわらず、見事な夕陽が見えると言って仲間たちに教えに来る。また、或る凍りつくような未明、作業場に向かって惨めな行進をしいられながら、フランクルはふと、まだ生きていると信じていた妻の俤に照らされるように感じる。

「その時私の身をふるわし私を貫いた考えは、多くの思想家が叡智の極みとしてその生涯から生み出し、多くの詩人がそれについて歌ったあの真理を、生れて初めてつくづくと味わったということであった。すなわち愛は結局人間の実存が高く翔り得る最後のものであり、最高のものであるという真理である」

たとえ自分をとりまく状況が、人間からかけはなれたものであっても、フランクルは人間の善意がどのような人にも——つまり彼らを苦しめる側にもあることを否定しない。

「従って一方が天使で他方は悪魔であると説明するようなことはできないのである」とフランクルは言い切る。

この血を吐くようなたった一つの言葉さえ、まだほとんどの日本人は自分のものとしていないのである。

義務教育に死学を

もう、かなり昔のことになるが、一九八四年頃から私は、臨時教育審議会の委員だった。その時、私がたった一つかなり本気で提案したことは、義務教育の中に、死を教える時間を取り入れることだった。義務教育のどこで、何歳の時に教えたらいいかという適時性の問題はまた専門家の意見を俟(ま)たねばならないが、いずれにせよ死学の欠落した教育というのは無責任だと思ったのである。

もちろん臨教審らしい制度の改革というものを、むだだと言うのではないが、私の中で、人間の作る制度というものは、永遠に未完成なものだという感じが抜けなかった。一つの制度を直すと、次の不備が見つかる。私は、人間の生活は、そのような不備と常に共棲(きょうせい)し、むしろそのような不備を、自分を作る教育の要素にすることを、少なくとも自分の息子には望んでいた節がある。

一方、私たちは、火災訓練とか、船の遭難訓練とか、さまざまな事件に対処するための訓練を受ける。しかし多くの人がビル火災にもあわず、船の事故にもあわなくて済むのが実情である。

しかしたった一つまちがいなくあうものが死なのである。それなのに、今までの教育が、そのことをまともに取り上げなかったことは、私から見ると、怠慢というか異常というか、理解できないことであった。

しかも死は、誕生と共に、この上なく重大なできごとである。それがうまくいけば、その人の人生は成功したと言えるし、それがまずくいけば、恐らくその人も不幸だったろうし、周囲の人々も、その人を思い出す度に暗澹(あんたん)とした思いになる。

臨教審では私の死学の提唱はほとんど注目を引かなかった。当時の文部省のお役人にも、そのことを理解していると思われる人に私は出会わなかった。死は人間がまともに年老いてからやってくるものとは決まっていない。

死は五歳でも、十五歳でも、二十歳でもやってくる。だから、人間が尊厳あるものとして存在しようとするなら、死は早くから、どんなに苦しかろうと学ばなければばならないのである。

しかし私はいい加減な性格なので、一度提言してそれが受け入れられなければこれで自分の任務は終わり、と、かえってさばさばする癖があった。死の教育が必要なら、役所がやらなくても、恐らく民間から湧き起こるようにその要求が出てくるだろう、と思っていたのである。それが最近、まさにその通りになってきた。

私は上智大学のアルフォンス・デーケン神父から、『生と死を語るセミナー』開催のための相談を受けたのである。

神父はそれ以前に、身内の死をみとらねばならない人々のために、どこかのホテルの部屋でも借りて、死について語る会を開きたい、と計画されたのだが、それはホテル側に部屋を貸すのを断られたことで断念しなければならなかった。「○○家・××家ご結婚式」と書かれた案内と「デーケン神父と死を語る会」という文字が並ぶと困るという日本的発想からだった。

神父は止むなく会場を上智大学に移し、そこで第一回の『生と死を語るセミナー』が五日にわたって開かれたのである。それは想像もつかない数の人を集めた。切符は千二百枚も売れた。若い人の聴講希望者が多かったのも私には意外だった。

まだその頃は一部のカトリック系の学校でしか行われなかったことが、さまざまな都道府県やその他の文化団体、宗教団体の主催で、各地で真剣に、盛んに行われだしたようである。

そして日本における死学の創始者のデーケン神父は、講演の依頼で、健康が保つかと私が心配するほど働かねばならなかった。

生の理不尽さが人を謙虚にさせる

死を前にした時だけ人間は、何が大切で何がそうでないかがわかる。

マルクス・アウレリウスは、健康な精神は、生起するすべてのものを喜んで受け入れるはずであり、死もまたその対象の一つにほかならない、ということを『自省録』の中で述べているが、彼は同時に（私流に言えば）現世に深く絶望することの必要性にも触れているのである。

その絶望は決して破滅的なものではない。それは心の解放と、むしろ新たな希望とにつながるものなのである。

前にも述べたが、私は三十七歳の時に『戒老録』を書いた。その頃、女性の平均寿命は七十四歳だったので、私は折り返し点を過ぎた今から、自分に向かって老いを戒めるものを書いておくべきだ、と思ったのである。

それを可能にしてくれたのは、私が自分の母、夫の両親と同居していたことであった。老いや死に近付くことを考える材料に困らなかったのである。三人とも、善良で知的な人々だった。

おかしな言葉かもしれないが、三人は誠実に老い、二人の母たちは一生懸命に死んでいった。実母は亡くなった時、角膜を提供した。私に老いと死の姿を過不足なく身近で見せてくれたということは、三人の親たちの、私への大きな贈り物だと今でも思う。

「政治がよくなれば、生活に苦しみがなくなる」などということが幻想に過ぎないことは、誰にも襲ってくる老いと死があることを考えただけでも理解できる。

何もしないのに、人間は徐々に体の諸機能を奪われ病気に苦しむことが多くなり、知的であった人もその能力を失い、美しい人は醜(みにく)くなり、判断力は狂い、若い世代に厄介者と思われるようになる。

昔の人々は老いと死を人間の罪の結果と考えたが、それもまたまちがいなのであった。何ら悪いことをしなくても、それどころか、徳の高い人も同じようにこの理不尽な現実に直面した。

老いと死は理不尽そのものなのである。しかし現世に理不尽である部分が残されていなければ、人間は決して謙虚にもならないし、哲学的になることもない。

そのことに人々が気づきだしたということは朗報である。

受けるよりは与えるほうが幸いである

何回か確かに読んだことがあるはずなのに、これほどのことが書いてあるとは思わずにいたという聖書の個所を、このごろよく発見するようになった。本を読むことに関する集中度は、今より昔のほうが優れていたと思うから、それだけ内容が身にしみるようになったのは、やはり生きる年月が長くなると、誰でもそれだけ人生を受け取る容量が増えるということなのだろう。

「使徒言行録」20・35なども、まさにそのような場所である。そもそも「使徒言行録」というものは、使徒たちの行動の記録だから、それほど信仰に関して深いものを記してはいないだろう、などと初め私は思いがちだったが、決してそんなことはなかったのである。

「あなたがたもこのように働いて弱い者を助けるように、また、主イエス御自身が『受けるよりは与える方が幸いである』と言われた言葉を思い出すようにと、わたしはいつも身をもって示してきました」

この言葉をパウロが口にしたのは、ミレトスの港である。ここから、パウロは最後のエルサレム訪問へと旅立ち、そこで捕らえられてローマへ送られる。ミレトスに立ち寄った時、パウロは時間が無かったので、エフェソまで赴くのを諦めて、長老たちに、ミレトスまで出て来てもらうように頼み、そこで、もはやこの世で生きて再び会うことはあるまいという予感と共に、別れの言葉を告げたのであった。その最後の部分がこの言葉である。

近年、日本では飢えるアフリカに対する援助が盛んである。援助の手を差し伸べた多くの人々は、素朴に、自分たちは今飽食の気味さえあるのに、同じ地球上では飢えて死にかけている人たちがいるということにショックを受けて、何とかその人たちを救いたいと考えている。それはもちろん自然な気持ちでいいのだが、その精神を支える根拠を、パウロはこの部分で、実に明確に述べている。ほんとうは私たちは「苦労して」弱い人たちを助けなければならないのである。自分がほとんど不便もせず、困りもしない程度のものを差し出すことは、(それで悪いということではないのだが)ほとんど誇るに足りないことなのである。

なぜ、自分が「苦労して」も人を助けなければならないか。そうでなければ、人間は生きていけないからなのである。それは、未開なイエスの時代の話でしょう、と言う人がいるかもしれないが、今でもその原則は変わってはいない。砂漠に住む人々は、たとえ敵対する部族であっても、旅人には貴重な水を与える義務を負っている。近くに船が遭難したという信号を傍受した船は、たとえ時化(しけ)の危険があっても、現場に急行して遭難者の捜索に当たらねばならない。

地震でも火事でも洪水でも山崩れでも噴火でも、すべての場合に、私たちは、まともな人間であるなら、自分の危険を引き当てに、弱い人を救う。その行為がなかったら、地球は人間のものとはならないのである。

もちろん、この世には、一切の危険な仕事は、割に合わないからいやだ、という人がおり、今の日本では、私たちはその人々にいかなる形でも強制することはできない。しかし、その手の人々は、肉体は生き延びても、もしかすると、ほんとうの人間としての誇りを持つことのできるような生活を全くしたことがないのかもしれない。なぜなら、自己保存の情熱というものは、動物のものではあっても、それだけでは人間の資格に充分なものだとは言えないからである。

しかし、イエスは人間の弱さを知っておられた。普通の人間はいくら来世で報いられるからと言われても、現世で全く無視されると、生きる意欲も減ってくる。神の喜ぶことができればいいと言っても、やはりこの世の人から、時には浅はかな賞讃も欲しいのである。それを見越して、イエスは私たちが人のために働く時、他人からしてもらう時よりも強い喜びを感じられるようにしてくだざった。

ほんとうに満たされる時

戦後、日本が民主主義的な社会を作った時から、私たちは社会が自分に何をしてくれるかを待ち望むようになった。私たちは全く一人では無力なものである。一人で道路を作ることもできないし、電話を引くことも不可能である。だから多くのことは社会が組織的にしてくれることを期待するわけだが、それでも、与えられることを最終の目的としていると、常に不満が残る。というのは、与えられることは、自動的に「もっとたくさん」という欠乏感を伴うものだからである。

しかし、その反対に、与えるという行為は、たちどころに、私たちの精神を満たす。

しかし、品物でも、お金でも、労力でも、普通与えれば減っていくものなのである。よく笑い話で言うのだが、金持ちはけちだと、我々は非難する。しかし金持ちに言わせると、けちで金を出さないようにしているからこそ、自分たちは金を持っているのであって、そうたやすく金を出していたらもう金持ちではなくなるのだ、という論理なのである。金銭に関する限り、まことにもっともな話である。

しかし、こと心の満足となると話は違う。私たちがほんとうに満たされるのは、受ける時ではなくて、与える時なのである。受ける時は、私たちは受けるものの量に左右され、少しでも少なければ、直ぐ不満を感じる。しかし、与える時には、私たちは恥ずかしいほど少し与えても、心は満たされる。この効果はまことに不思議である。

戦後の教育がすべてそうであったわけではないが、私たちは国家に要求することで「権利」を知った市民になる、と教えられてきた面があった。そして与えることに喜びを見いだす人間を作るなどということは、資本主義に奉仕するだけだ、というような、貧しい、非人間的な理論が一部ではまかり通ってきた。しかし、人間のほんとうの幸福は、受けると同時に与えることの可能な状況にいることであり、もっとはっきり規定すれば、ここにイエスの言葉として記されているように、受けるより、与えることが多い立場にいることのほうがより幸せなのである。

私は、韓国のカトリックのハンセン病の施設・聖ラザロ村と、マダガスカルで「マリアの宣教者フランシスコ修道会」が経営するアヴェ・マリア産院のためのお金を集める仕事もやったが、そこへお金をくださる皆さんは与える喜びを知った方々ばかりである。おもしろいもので、与えると不満はどんどん減って心は逆に豊かになる。神は最高の心理学者である。

私は、トルコにあるこのミレトスの海岸を訪れた時のことを、今でも忘れられない。暑い荒涼とした人影もない海岸に、階段状になった遺構が未だに残っており、抱き合ってこの世での最後の別れを惜しんだパウロと長老たちの姿も見えるようであった。

堂々たる階段状の石の遺構は、時代はさだかではないが、華やかな石材の赤葡萄酒色を今でもはっきりと残していた。

パウロがイエスの言葉として引用した「受けるよりは与える方が幸いである」という言葉は現在私たちが知っている四つの福音書のどこにも書かれてはいないから、パウロがどこからこの言葉を知ったかは、また大変興味あることなのである。

もしかすると、四つの福音書以外にも、例えば第五の福音書のようなものが、そのうちにどこかからか出てくるのではないだろうか、などと、学者でない私は期待するのである。

自然の厳しさが人を変える

どちらかと言うと、私は惰弱(だじゃく)な都会派で、自然などあまり好きではなかった。

一人っ子として育ったので、母は私を死なしてはならないと思い、ピクニックに行っても林檎の外側をアルコール綿で消毒してから皮を剝くというやり方で育てた。そして私は長い間土の感触を汚い野蛮なものだと感じて育ってきた。

しかし私が、人々の中で自分を発見するのと同時に、自然の中でもやはり自分を見つけるのだと思うようになったのは、いつからだったのだろうか。

一つは、まだ私が若い頃、当時大工事であった北陸トンネルの工事現場に入れてもらった時のことであったろう。それがきっかけで、私は部外者のくせに、土木の知識をつけるようになり、専門家の方々が話されていることや、設計図なども「よめる」ようになった。

おもしろいことに、土木の関係者には「自然を征服する」といった感じの空気が全くなかった。私には山男の友達が一人もいないのだが、登山家は、どこか高い難しい山に登った後、ほんとうに「××を征服した」などと言うのだろうか。あれは新聞記者などが深く考えないで使っている言葉なのではないか、と私は疑っている。

なぜなら、もし、それがほんとうだとすると、登山家というのは、恐ろしく謙虚でない人種ということになってしまう。もちろん彼らは私などが震え上がるような技術を持っていて、しかも、それは常日頃の自発的な訓練がなければ保てないことなのだが、それでも、彼らが登山に成功するのは、山が（或いは天気が）それを許したからであろう。登山家が山に登るのは、ゴリラが、或る日機嫌がよかったので、頭にノミをとまらせてやった、という感じではないか、と思う。

もちろん土木関係者たちも、問題の多い現場をどうにか切り抜けた時には、「ああ、やっとなんとかできた」という思いはあるだろう。しかしほんとうの経験者なら「自然を征服した」などという軽薄な言葉は口にできないだろうと思われる。

どうにか折り合ってもらい、自然の承認のもとに人間の意志を明確化したのが、彼らの作った構造物だ、という印象であろう。私には、そのような自然と人間の「交渉」の過程が息を呑むほどおもしろかったのである。

砂漠は思索と讃美の土地

大きな顔をしていても、人間なんて、自然の力の前には弱いものだ、と思った。つまり、私には人間の無力さと、その無力な人間にしてはよく自然に立ち向かっていると思われる姿と、その両方が魅力だったのである。そのどちらが欠けても、人間は魅力的にはならないだろう、と思うのである。

私は海も好きで、海辺に住むことを早くから計画していたが、しかし海に乗り出すことは怖くてできなかった。ほんとうは、私にとって世の中は怖いものだらけであった。閉所恐怖症があるから、隧道（ずいどう）に入ると脂汗（あぶらあせ）をかく。しかしそれではいけないから、わざとそういうところに行くという感じである。しかし海は……やはり一時、船に関する勉強をしたこともあったのだが、自分でヨットを買ったり、潜りをしたりする気にはどうしてもならなかった。私の閉所恐怖症は、窒息恐怖症と関係があり、泳ぎのうまくない私にとっては、水はつまり窒息のもとであったのだ。

　人間が無力に思えるところというと、海、山、それに砂漠であろう。

　私はこの三番目の場所に深く惹かれるようになり、ついに一九八三年の秋、同じ趣味を持つ友人五人と四十五日のサハラ砂漠縦断の旅に出た。車二台を使い、できるだけ、劇的なことが起きないように、ちょっと日帰りのドライヴをしてきましたという顔で、この旅を終わろうと申し合わせた。

　皆、何のために砂漠に行くのだ、と訊く。結果として、私は一冊の本を書いてしまったが、出かける前には、どこの出版社とも書く契約をしていかなかった。それをすると折角の贅沢がみみっちいものになるような気がしたのである。

　私は半分照れながら、「砂漠には神を見に行くんです」というようなきざなことを言い、夫の三浦朱門は、

「うちのかみさんは馬鹿ですなあ。わざわざ砂漠まで行かないと、神が見えないそうですよ」

と悪口を言っていた。

砂漠は何もないが故に完璧であった。私は三百六十度平らなサハラの真っ只中で、満月の光に打たれながら、やはり、人生を見通すような時間を幾晩も持てたのである。そこには仲間はいたが、心理的には私は一人であった。一人で生きている人間を、場所と時間を超えて訪ねてこられるのは神しかなかった。私は決して砂漠でよく祈ったというのでもない。ただ私は、自分の人生を、いびつな、惨めな、醜い、哀しい部分を有するものとして、そのまま深く納得し、どうかそのままの姿でお受け取りくださいと神に頼めたのである。

この手の旅は、人生の最期に近付いて、死を気楽に考えられる頃にもっともふさわしい、と知ったのもその時である。砂漠は若者の地ではなく、内面的に複雑になり、しかもいつ死んでもいい老人たちのための思索と讃美の土地だと思う。

第2章

生きるための本物の力

竹藪(たけやぶ)でみつけた〝人骨〟

幼い時の体験が、その後のその人の人格形成にどのような大きな影響を与えるかは、まともに考えたら、恐ろしくて、子供にどのような体験をさせたらいいかわからなくなるくらいのものであろう。

多くの場合、その結果は、その人の全般的な心理の深層に影響すると言われるが、もっと皮相の部分で、外国の文化に対するその人の成人後の心理的影響がどう残るかなどということも、調べてみるとおもしろいかもしれない。

私の初めての外国体験は、修道院付属学校の幼稚園で、受け持ちのイギリス人修道女に出会ったことだった。彼女は子供の能力より、自分の信念で教えたいことを教えたが、そのおかげで私は五歳の時から、人間が死ぬべきものであることを教わった。毎日私たちは「今も臨終の時も祈りたまえ」と祈ることを教えられたのである。

世界は、生とその最後に訪れる死の概念から始まるのであって、自分もいつか臨終という時を迎えるであろうということをぼんやりと感じていた。それが、私を後年キリスト教へ向かわせるスタートとなった。

私は幼稚園から初等科に進んだ。この学校はほとんど無試験であった。希望者がそれほどなかったのである。当時の制度で言うと、そのまま旧制の女学校まで行けることになっていて、将来を心配することなど全くなかった。

この学校は国際的な人的構成を持っていた。修道女はイギリス、アメリカ、ドイツ、フランス、イタリア、スペインなど各国の人がいたし、語学校と呼ばれた国際学部には、海外で育って日本語ができない日本人の学生だけでなく、さまざまな国の生徒たちがいた。

さらにまだ大東亜戦争も始まらない小学生の時、私は、後々まで大きな意味を持つ一つの体験をしたのである。

それは或(あ)る昼休みのことだった。私は当時、昼の食事代を特別に払って学校で食べる生徒の一人だった。うちが金持ちだったということではなく、母が恐らくお弁当を作るのがめんどうくさいという怠け者で、しかしそれだけではなく、テーブル・マナーを厳密に躾てもらえるのがいいと考えたかららしい。私たちは修道女たちが作る昼の食事を待って、食堂の外でドッジ・ボールをして遊んでいた。

すると、友達の投げたボールが裏庭の端に茂っている竹藪の中に入った。私はそれを取りに行き、思わず恐怖で立ち竦んだ。

「人の骨がある」

私は言った。藪の中には乾いて白くなった骨がうずたかく積まれていたが、私は骨と言えば人骨としか思わなかったのである。

それが私たちも飲んでいたスープを取るために毎日毎日使われた牛骨だということがわかった時、私は新たな現実に直面した。

典型的な日本の小市民の家庭に育った私は、修道院というものを、仏教的な風土で解釈していたのだった。農耕民族である我々は穀物を食べるのは当然だが、動物を殺して食べるということには、罪の意識がある。しかし二世紀に上エジプトで生まれたという修道院はまさに荒野と牧畜文化の真っ只中でその形態を取り、そのまま中世のヨーロッパで発展完成したのであった。その土地もまた牧畜文化の土地であったのである。だから修道院が肉食をするということに、基本的な違和感があるわけはなかったのである。

神はいつまでも覚えている

後年私は、偶然一人の短期旅行者として中近東やアフリカを何度も旅した。そして、もし幼時にキリスト教と、その背後の一神教の精神風土というものをいささかでも覗(のぞ)いていなかったなら、今以上にひどい自分流の解釈をしたろう、とおぞけをふるったものであった。

当然、私の学校はキリスト教に基づいて子女を教育するというはっきりした姿勢を持っていた。それは自然に神を意識するということであった。どこにいても神の眼が私たちを貫いて、すべてをご存じだという意識を持たされるのである。つまり日本風に言うと、押し入れの中に隠れて、蒲団を被っていても、人間の考えを見通す神がいるということは、すさまじい概念である。一般に詐欺師は、人を騙せばそれで成功である。しかしキリスト教徒は、人を騙しただけではだめなので、神をも騙せなければ（納得させなければ）成功とは言えない。それが、人間を悪にもするし、複雑にもする。だからヨーロッパには、日本人が考えられないような悪人がいるが、それは長年、善悪に対して人間のレベルを超えて、神と闘いを行ってきたからである。人間を騙すなんて易しいものである。しかし人間の心理をお見通しの神を騙すということになると、これはまことに複雑な操作がいる。

この頃ヨーロッパ人の中にも、進歩的であることを標榜しているような人たちの中には、はっきりと無神論的態度を見せる人がいる。それがあたかも新しい人間であるかのように、優越感を示す人に私は何人か会った。しかし、神なしに人間だけ騙せばいいなどというのは、程度を下げることだから、私にはおもしろくない。

日本の神は「捨てる神あれば、拾う神あり」という多神教の世界の概念である。しかしユダヤ教、キリスト教、イスラム教の神は唯一神だから、その神を避けて別の神のところへ行き、知らん顔してよりを戻すということもできない。神はいつまでも、その人のしたことを覚えているのである。

と言うと、「そんなこととうっとうしいじゃない。信仰なんてしなければ、罪も犯しようがないのに、どうしてそんな損なことするのよ」と言う人によく出会う。これは日本人に多い種族である。つまり魂の問題まで、物質的な損得の計算で決める人種である。

自分が何をしたかを、できれば克明に認識することほど、人生を濃厚に生きる道はない。こののっぴきならない状況でたった一人の神と相対する時、人間は否応なく、掛け値のない自分と対決することになる。それは、本音と嘘をついている自分とが、その瞬間瞬間に克明に見えることでもある。人間は基本として「間違えるもの」なのだから、この操作によって自分の醜悪な顔が見えても、それほどショックを受ける必要もないと思うのだが、それを損ととる人が日本にはけっこういるのである。

というのは、日本人の意識においては、自分をも他人をも、善意に解釈することがいいとなっているので、仮借（かしゃく）ない観察などというものは、ごくろうさまなばかりか、むしろ非礼なものという感じがあるのだろう。

たしかに人を眺める時に、さらりと見るのと、じろじろ見るのとでは、感じが違うのは当然である。しかし荒っぽく言えば「じろじろ見たら他人は気分が悪いだろうな、と思うのが日本人」「見たければ見たいだけ見るのが外国人」という感じがあることも否めない。

このへんでいささかの言い訳をすれば、私は外国に住んだこともなく、比較文学や文化人類学の学者でもない。私は何度も外国に出たが、語学が達者なわけでもなく、本来はお上りさんの観光旅行と基本的な差はない。ただ、作家というものには、一種独特の嗅覚があり（それすらも錯覚かもしれないが）、取材となると観光よりは少し突っ込んで見ることになっているので、その程度だけ深く関わったにすぎない。その素朴すぎる驚きを不愉快に思う方もあるだろうが、それを覚悟で私の外国体験を述べてみたいと思うのである。

というこは、私よりもっとよく外国を知っておられる方が、これはそうではない、と一声言われれば、たちどころにそちらの意見に従っても一向に構わない、という程度の印象である。

海外で通用しない日本人の美徳

どこから始めてもいいのだけれど、私は日本人は自由世界の中ではかなりの建前人種のような気がしている。もっとも中国人のような超弩級の建前人種もいるが、これは思想的不自由の中で身を守るためだから、普通の比較はできない。

小さな体験を挙げれば、日中国交回復後の一九七五年に中国へ初めて行った。

私は他に人のいない時、中国人の通訳さんに笑いながら「中国語で、バカって何て言うんですか」と訊いたことがあった。すると、その通訳さんは「中国には、そのような人を悪く言う言葉はありません」と答えたのである。

そこに欠けているのは当然のことながら、現実の正視とユーモアの精神である。「バカ」という言葉は多分、ほんとうに知能の低い人に向かっては言わない言葉なのではないか、と思う。「あの人バカ」と言う時、その言葉の中には、当然向こうも自分のことを同じように「バカ」と思っているだろうな、という予感もある。何せ世の中はすべて五十歩百歩なのだから。

しかし「バカ」などと人を罵倒する言葉はない、などと言われると困ってしまう。この世には善悪を超えてすべてのものが存在するのは自明の理なのに、である。

日本人は、自分と他人をまず道徳的な人間だと規定する。この場合の「道徳的」というのは、いいことをするということを指しているのではなく、悪いことをしないという意味の方が強い。社会主義国を除いて、これほど細かいところまで、常識的悪と思われるものを徹底して非難し、人間にあるまじきことととして心底から否定する国民はあまり多くないような気がする。

或る時、もちろん日本でのことだが、寒い雨の日に、私はタクシーに乗ることになった。私はちょっとした荷物を持っていた。客を乗せる場所を目指して行くタクシーはひっきりなしに私の傍を通る。止めて乗ってしまいたい思いにしきりに駆られたが、タクシーも同業者の眼のきく範囲でルール違反をしたくないらしく、乗車を拒否されたこともあったので、私は律儀に歩いて列の最後を目指した。長い距離ではない。七、八十メートルくらいのものであろう。しかし歩きながら、私は可笑しくなった。こういう律儀さは、多くの国で、決して日本人のように美徳とは思われていないだろうと考えたからだった。

日本人は生活のルールを自発的に決めることが非常に好きな人間である。

タクシーの乗り場だけではない。お茶をいれるにも花をいけるにも、一種のルールを持ちたがる。それは芸術的な節度と、性格的な弱さとの両方を示していると思う。

人間の生活は、そもそも基本的には「我勝ち」なのである。しかし文化の構造が複雑かつ緊張度が高く厳しいところでは、「我勝ち」は共倒れになることを我々は知ったのである。例えばもし高速道路の合流点で、我勝ちに車を乗り入れようとしたら、すぐ接触事故が起こり、結果として道路は使用不可能になり、我々は長い渋滞に巻き込まれる。だからそれを考えて、我々としては心ならずも一台おきに合流するというルールに従っているのである。

私は一九八七年、パリで車を借りて、モロッコ、チュニジアを旅行したが、この両国も決して順番を守る国ではなかった。地中海を渡るフェリーの中で通関の手続きをするのに、後ろからも横からも平気でするりするりと入って来る。まわりの人もそれを特に怒るわけでもない。割り込みを許したくなかったら、こちらも実力でそれを阻止するほかはない。当然のことながら、これはかなり不愉快な実力行為である。

アフリカだけがこういうものでもないらしく、アメリカのサンフランシスコの空港でも同じような体験をした。長い入国手続きの列の先頭近くに、何国人とも知れない白人の女たちが平気で割り込み、日本航空の職員がそれを咎めても、全く平気で動こうとしないのである。個人がこうなら、国家でもこういう行為が平気な時があるだろうと思う。

星の国の賄賂

個人はどれほどに堕落しても、国家や公的なものは、一応の公正を失わないものだ、という甘い信念は、若い頃の私にもあったのだから、多くの日本人にあっても当然だと思う。それは日本の総理だった人を巻き込んだロッキード事件の時の反応にもよく表れている。

ロッキード事件がよいことだというわけでは決してないけれど、たかだか数億円のお金が誰かの（それも恐らく複数の人の）懐に入ったかもしれないという事件である。しかも、その選択の結果のロッキードという飛行機は、決して機種の機能においてでたらめなものだったわけではない。そのことに、あれほど道徳的にいきりたった国民というのは、かなり異色ではあろう。

一九五六年、二十四歳の私は生まれて初めて外国へ出た。当時はまだ、日本人が理由なしには一ドルだってドルを勝手に使えなかった時代だから、私の外国への旅も、アメリカのある財団が、約二週間ほどの東南アジアの旅行のために、日に八ドルのお金を出してくれたものだった。

日本を出る時に既に旅程ははっきりと決まっていた。しかし、一国だけが、私たちのヴィザを出さなかった。本国に人物照会をしなければ出せないと言うのである。

出発はもう迫っていた。電報料を払って、本国に電報で問い合わせて、その結果でヴィザをシンガポールのその国の領事館で取れるようにしておこう、ということで、私たちは当時としては安サラリーマンの三カ月分くらいの電報料を大使館に払った。

シンガポールに着いて、私は代表でその国の領事館にヴィザを取りに行った。

しかしそこでは、そのようなヴィザについては、全く聞いていないという。その電報料はつまり東京在勤のその国のヴィザ・セクションの役人のポケットに入ってしまったとしか考えられなかった。当時、ヴィザ・セクションにいるというだけで、「お前はいくら金をためたか」と言われるという話を聞いたこともある。

私たちは結局その時、旅程を変更した。今の私だったら、こういう時に、子供の使いのように指をくわえて帰ってくるようなことはせず、いささかの心付けを領事館員に渡して、とにかくヴィザを発行してもらうようにしただろう。それを日本人は「賄賂（わいろ）」という。私にはよくわからない。役人に金を渡すのはよくない、と言うが、公然と金を要求する役人にはその後世界中でいくらでも会ったのである。

アメリカのアリゾナ州、ツーソンからメキシコの国境に抜けた時、メキシコ側の役人は「お前のために昼寝（シエスタ）をとりやめるんだから、ビール代を寄越（よこ）すかね。それとも三時まで待つかどちらかにしてくれ」という言い方をした。

その時、私はまだ若かったので彼の言い分に腹を立てたが、今となると彼の気持ちがわからないでもないような気がする。

暑い土地の暑い季節の、しかもまた暑い時刻であった。あたりは砂漠で、僅かな灌木とサボテンだけが茂る土地であったが、それがまたごていねいなことに山火事で一週間も燃え続けているという時だったから、暑さは凄まじかった。全く人間でもトカゲでも、昼寝でもしなければいたたまれない土地なのである。

アルジェリア領サハラ砂漠を南下し、マリ共和国へ向かって出る時の、最後のアルジェリアの税関はゆすりに近かった。深夜であった。私は疲れ果てて悪路をものともせず眠りこけていたが、折衝の緊張した気配でやっと車の中で目を覚ました。痩せた男が、バラック建ての税関の前で、甲高い声を荒らげていた。私の同行者の一人はカメラマンで四百本のフィルムを持っている。もう一人は「電気屋さん」で高価なヴィデオ一式とそれをサポートするための厖大な量の付属の電気器具を持っていた。税関吏はそれに興奮しているのである。しかし彼には理由はない。我々は今から彼らの国に何かを「持って入る」のではなく、既に申告して持って入ったものをすべて何一つ失いもせず「持って出る」だけなのだから、彼は私たちに課税する理由はない。

同行の仲間たちが、フランス語とアラビア語で税関吏と闘っている間、私は車の外に出てあたりを眺めた。夜だし、自家発電の明かりは暗いから、税関のための建物の数もよくわからないが、バラックが数棟……もう一人の税関の男は、昔の西部劇の舞台面のような木のベランダの上で、眠るでもなく何かを見るでもなく、へたりこむように座っている。

何という土地だろう、と思った。この土地には、はっきり言うと、星しかないのである。それも数少ない星が意味ありげに光っている日本の星空とはうんと違う。サハラの夜は、お盆の上に一握りの砂を撒(ま)き散らしたほどに、空は星だらけなのである。

サハラに入って以来、私は寝る間も惜しむほど、星の光を眺め続けた。しかしこの金を寄越せと言っている男、怠けている男、は共にこの星と砂の国に生まれたのである。星に感動しなくなっていれば、せめて金でも欲しがるほかはない。

ルールの裏に儲けの道あり

昔、私にタイで、

「この国の役人は『規則があるところ、必ず儲けの道あり』と思ってますからね」

と解説してくれた日本人もいた。何のことなのか、初めはわからなかった。彼らは土木の技術者で、三十年も昔、タイ北部の田舎で道路を造るために働いていたのである。


熱帯と言うから、ジャングルなのかと思って赴任したら、林はそれほどひどくはなかった。重役の一人が「軽井沢みたいなところだ」と言っていたのを信用して行ったわけではないが、土地そのものは、毒蛇もいるが、それほど厳しいとは思われない。

しかし驚いたのは官僚機構の違いであった。来たばかりの時、彼らは現場を流れるほんの小さな川にかかる土橋に、特別に重量制限を示す何の表示も見てはいなかった。ところが数日経つとそこに、通行可能の作業用車は何トンまで、という重量制限の標識が立った。善意に考えれば、これから工事が始まるのだから立てたと言えなくもない。しかしその制限の重量は、すべて日本人が運び込んだダンプの積載制限より、少しずつ下に表示されていた。

ということは、額面通り受け取れば、彼らの持ち込んだ重機類はほとんど使えないということだ。さもなければ、橋そのものをかけ換えるほかはない。しかし土木技術者が見れば、その土橋がどれくらいの重さに耐えるか、ということの推測もつく。橋は決してすぐさま造り換えねばならないというほどのものでもなかった。

そこで交渉が始まり、日本人には初めて、警察の意図がやんわりとわかってくるのである。つまり仕事を遅らせることなく、今すぐ現状のままで橋を通りたければ、少し寄越せ、ということなのである。

工事が始まると、彼らはすぐ泥棒に悩まされるようになった。何もかもなくなる。日本人は自分の部屋の戸に鍵をかける習慣さえない人々であった。ましてや自動車には、鍵をかければ充分だという発想しかしたことがない。鍵をかけて事務所の前のモーター・プールに置いておいた車から、ワイパーとサイド・ミラーがなくなっているのには驚嘆した。共に車体の外部に設置されている部品である。結局日本人たちはそれ以後、ワイパーをつけ睫毛と同様に考え、事務所兼宿舎に帰ってきたらとってロッカーにしまう制度を取った。

一番大きな盗難は、撒水車だった。犯人はその車の運転手だったのだから、防ぎようがなかった。とられた撒水車は痕跡も見つからなかった。ライオンが縞馬を食べるよりももっと完全に解体して、バック・ミラーはバック・ミラーで、シートの材料はシートの材料で、売ってしまったからである。

しかし解体したら意味のないようなもの、例えば発電機などは、どこそこの村にある、と警察から通報されてくることもあった。所在がわかれば、それで出てくるものと日本人は思う。しかし警察は、それを取ってくるための金を要求した。こうなれば、警察に手数料を払って発電機を取り戻すか、新たに日本から買って取り寄せるか、である。しかしそうなればまた時間がかかる。

結局、人々は警察に払う方を選んだが、警察に払う金を何という名目で本社に要求すればいいかということが当時ではまだけっこう「気に病む」ことだったのである。

これは、日本の企業が海外進出をした初期の物語である。タイも、豊かになったし、豊かになれば、人々の生活も当然変わってくる。ただ当時でも、タイの泥棒の中には、庶民的解釈による仏教思想があるのではないか、と指摘した人はいた。仏教の思想の中には、富める者は貧しい者に恵めば功徳があるという考えが根強い。だから持っている人が自発的に恵む前に（気をきかせて）勝手に少し取るのだ、と言った人がいた。

しかしそれとは別に、恐らくタイの警察は、日本人のそれまでの気のきかなさにうんざりしていたのだろう。何か特別に頼む時には、チップというものを渡すのが普通なのだ。しかしチップの習慣のない日本人は「ご苦労さん」の一言で終わりである。それなら、最初から「いくらいくら出してくれれば、盗まれた発電機は取ってきますよ」と言った方がいい、という結論になったのかもしれない。

日本だったら、業者から賄賂をとって手心を加えるということで、役人も政治家も袋叩きに遭うのが普通である。現に我々は、一(ひと)月に一度くらいの割で大小さまざまな汚職事件を新聞で読まされている。その度に与党の堕落を責める投書も新聞に載(の)る。私流に言うと、悪いとわかっていることを糾弾する投書くらい退屈で、自信に満ちたいやらしいものはないのに、である。

しかしタイの警察については——誰も真相はわかるわけはないのだが——受け取った規則外の金を、あれでけっこう手下にやってるらしいですよ、という話もある。もちろん人によって違うだろうが、それがその国なりの官僚機構になっていて、その通念を冒(おか)せば、自分の仕事がうまくいかないからということもあるかもしれない。

私はまだ、自分が大きな額のお金を、自分の仕事上の便利のために蔭でこっそり出したことはないのだが、日本人が賄賂と呼ぶものに、私自身はそれほど道徳的な反感を持っていないのも事実である。賄賂は人殺しや放火と比べものにならないほど罪が軽い。と言うと、反論も聞こえてきそうである。金を包んでこない患者には、まるっきりやる気を示さない医者というものもいて、そういう連中は金のない患者を取り殺すようなものじゃないですか、というような意見である。

これ見よがしの正義が放つ腐臭

しかし、おもしろいことに、タイだけでなく、日本人の言う賄賂、かの国では心付け、が普遍化している国では、慈悲の心もまた日本よりは深いようなのである。もちろんそれは、その国の社会福祉制度が遅れているからというのが、第一の理由なのだが、困っている人を見た時、日本人なら「生活保護をしてもらったらいいじゃないの」と言うだけだが、それらの国々では、親戚の中で一番羽振りのいいのが、当然面倒を見ることになっている。それだけでなく、一般に自分より少しでも貧しい人を見たら恵むのが当然という人間らしい思想もある。このことについてはおもしろい経験がある。遠藤周作氏とイスラエルに行った時のことである。

イスラエルにはアラブ人もたくさんいて、その子供たちが、旅行者と見ると「バクシーシ（心付け）を！」と言ってお金をもらいにやってくる。

遠藤氏はバクシーシの子供が来ると、極めて独特の反応を示された。つまり相手が「バクシーシ」を言うと遠藤氏も負けずに「バクシーシ」とやり返したのである。子供は少し困ったような顔をしたが、そこは昔から商才で鳴らしたフェニキア人の末裔(まつえい)である。再び「バクシーシ」とめげなかった。すると遠藤氏もまた「バクシーシ」をやり返す。二人はこのやりとりを三度繰り返した。

そのあげくに、ぼろぼろの服を着た子供は、遠藤氏に最小額の小銭を与えたのである。外見はどうであっても、最後には自分よりも困っているという人を助けるのが、彼らのやり方なのである。しかしアラブ人が金で動く人々であることもまた明瞭であろう。しかしむしろ福祉の行き届いていない社会で、人間の慈悲の心が否応なく育つというおもしろい矛盾も見えるのである。

かつて西ドイツで働いていた日本の高級官僚から、私は次のような言葉を聞いたことがある。

「私はこの国にいらっしゃる日本の企業の方に申しあげるんです。裏金はどのくらいご用意になってますか、って。それが普通なんですから。マスコミの皆さんは鬼の首でもとったように、悪いことだっておっしゃいますけど、その国の習慣なんですからね」

一九八七年、私は生まれて初めてゆっくりとドイツの旅を楽しんだ。ミュンヘンで、ワーグナーの『ニーベルングの指環』の四部作を観たのである。

当然、私はワーグナーのパトロンだったルートヴィヒ二世の城の幾つかも見に行った。それらはどこも観光客で一杯で、私たちは長いこと列に並んで待たねばならなかった。

しかし知人の知人というドイツ人と一緒に行った時だけは別だった。その人は城で働く若い女性の公務員に、目にも留まらぬ早さで紙幣を握らせ、少しも待たずに入ってしまったのである。

ギリシャ語で「卓越」を示す「アレーテー」という言葉は、同時に「勇気」「徳」「力」「男らしさ」を意味する。これらはすべて同義語なのだというギリシャ人の解釈は今も世界中で失われてはいない。徳は言うまでもなく、正しい意味の力、或（ある）いは、勇気もまた人間が希求すべきものなのである。そして力の中には、立派に金力などというものも含まれると判断することにおいて、世界は日本ほどセンチメンタルでもなければ、幼児的でもない。

もちろん金力が精神性の上位におかれるということはないが、金の扱い方に熱心でない人は、仕事に誠実とは言えないという考え方は、聖書にもはっきり出ている。

いや、それより、どこの国でも、どの社会でも、生きることは生易しくない、という言葉の方が誰にとっても実感があるのであろう。そして私はむしろいつのまにか、「これ見よがしに振り回される正義は腐臭がする」と感じるようになってしまっていたのである。

不正な富の善用

私は今までに一度だけ裁判の証人になる体験をした。第三次家永教科書訴訟の被告（国）側の証人として出廷したのである。私がたまたま、裁判の論点の一つになっている沖縄の渡嘉敷島（とかしき）の集団自決に関して、昔調査したことがあって、『ある神話の背景──沖縄・渡嘉敷島の集団自決』という著作もあったからである。

裁判の中味のことはまた機会があったら、触れることになるかもしれないが、興味があったのは、原告側の反対尋問（じんもん）というものであった。主尋問というのは、こちら側の弁護士と打ち合わせておくのだが、反対尋問というのは、何を訊かれるかわからない。そしてその目的は、つまり証人である私の言っていることは、でたらめである、或いは、証言している私という人間がいいかげんである、ということを印象づけるための作戦が取られるのが普通である。

反対尋問のスタートは、思いがけず私の「肩書」から始まった。「作家」以外の肩書など本来ないのだが、私の年になると、幾つかは「素人として参加しろ」と言われているものもある。それらの中に「笹川平和財団理事」と「松下政経塾理事」というのがあった。

反対尋問はまず「笹川平和財団」が、笹川良一氏のやっているものなのか、次に「松下政経塾」の松下とはどういう松下なのか、という質問であった。つまり松下電器という会社のやっている「松下政経塾」であることを私の口から言わせるためであった。

この二つの質問はどういう意図であるか、ということはすぐわかる。私が、一種の博打（ばくち）とみなされているモーター・ボート・レースの収益金や、松下電器という企業が儲けた金、などから毎月毎月かなりの額の理事手当てをもらっている人間、つまりそれらの団体や金にたかるウジムシの一匹だと暗に匂わせて、それ以後、私が発言することは、一切、そういう人間が言っていることだ、ということにしたかったのだろう。

私は裁判のルールはよく知らない。訊かれたことだけに答えるものだ、と言われていたが、長年マスコミの世界で生きてくると、余計なことまで推測するようになる。それで私はその時、三秒だけルール違反をした。つまり訊かれたことに答えるだけでなく、

「どちらも無報酬でやっています」

と一言付け加えたのである。

私は毎月、月給らしいものをもらうような理事や評議員の仕事は全く一つもしていない。理事や評議員会というものの中には、会議の度にお車代程度（一万円くらい）を入れた封筒が、テーブルの上においてある場合もある。私は自

分で運転して行くから一万円でも確かに儲かることになるが、タクシーを使わねばならない人だったら、その費用に大方が消えることになるだろう。「笹川平和財団」も理事を引き受ける時、無報酬ならという個人的な条件をはっきり言ってあったし、あそこはお車代さえ出さないところだから、私は理事会に出る度に時間とガソリン代と高速道路の通行代を損していることになる。

現在の日本で、競馬、競輪、モーター・ボート・レースなどの公営競技というものの存在をどう考えなければならないかは、また論議の分かれるところであろう。私自身はこういうものと全く縁がない。道徳的にしないのでもなく、特に嫌いなのでもない。花札など子供の時からしっかりと親に仕込まれていたし、私は博打には強いのではないか、心ヒソカにしょった瞬間も数回だけある（取材で行ったマダガスカルではカジノのルーレットを二度続けて当てたし、初めて見たマレーシアの闘鶏では、私は「人を見る眼」ではなく「鶏を見る眼」があることを実証した）。

しかし夫が、マージャンからルーレット、トランプから花札にいたるまで賭事というものが嫌いだと言うので、それほど相手が嫌いだということを特にしなくてもいい、と考えているだけである。

しかしいかに合法的であろうと、営利会社の利潤、或いは賭事から来たお金はそれだけで汚い、と考える空気が一部の日本人の間にあることは確かである。それもおもしろいことに、会社の仲間との麻雀で勝った金は汚くない。しかし合法であっても、公営競技で集められた金が、特定の個人の意図のもとに動かされると汚い、ということになるのである。

そこで、仮にその通りだとしても、おもしろいことに聖書には、日本人の感覚とは全く違うことが書いてあるのである。聖書に、と言うよりは、それがセム文化の一つの考え方なのである。

それは「ルカによる福音書」の中にある、次のようなくだりである。

「不正にまみれた富で友達を作りなさい。そうしておけば、金がなくなったとき、あなたがたは永遠の住まいに迎え入れてもらえる。ごく小さな事に忠実な者は、大きな事にも忠実である。ごく小さな事に不忠実な者は、大きな事にも不忠実である。だから、不正にまみれた富について忠実でなければ、だれがあなたがたに本当に価値あるものを任せるだろうか。また、他人のものについて忠実でなければ、だれがあなたがたのものを与えてくれるだろうか」（16・9〜12）

この部分は「この世の富の善用」と表題がつけられたところである。

それなのに、「不正な」という形容詞がつくのはどうしてであろうか。

神の友人になるためにお金を使う

それは、富というものは不正な手段で得られることが多いからだ、という。そうでなければ、富が不正の手段になることも多いからだ、という。このことは毎日の新聞記事を見ていればいつの時代のどこの国でも真実だと言わねばならないだろう。

しかし仮に不正な手段で得られた金だとしても、それを汚いからと言ってさわらずに放置することはいけないことだ、と聖書ははっきり言うのである。

この世の富を使って友人を作れというのは、決していわゆるコネや顔を利用して、悪いことを人と企めということではない。

天国に入る資格、つまり神の友人となるためにその金を使えということである。どのような出所の金であっても、自分の手許に入った瞬間から善用することはいくらでもできるし、またそのことに心を用いれば、神はそのことをよしとされると書いてあるのである。

神の友人になる方法は、貧しかったり病気に苦しんでいたりする人に対して、手助けをすることだという。昔の言葉で言うとそれは施しであった。「だから、不正にまみれた富について忠実でなければ、だれがあなたがたに本当に価値あるものを任せるだろうか」というのは、凄まじい現実主義である。

しかしイエスは、決してそこまでで、この話を終えているのではない。この譬喩はすぐ次のような部分に続き、意外な結末で終わるのである。

「どんな召し使いも二人の主人に仕えることはできない。一方を憎んで他方を愛するか、一方に親しんで他方を軽んじるか、どちらかである。あなたがたは、神と富とに仕えることはできない」（16・13）

だからこの世の富にほんとうの執着をしてはならない、ということなのである。

施しという言葉は、今の日本では、階級差別を感じていやらしいが、今日でも、まだセム文化圏ではごく普通に善きこととして受け止められている。

イスラム社会でもザカート、あるいはサダカと呼ばれる喜捨の習慣がある。この言葉には、通貨、家畜、果実、穀物、商品などに一定の率を決めてかけられるものと、全くの個人の意志で与えるものとあるようである。

喜捨は年に何度か、決まった日に行われる。クウェートにいた時であった。その日私は、クウェート人のオフィスにいたが、そこへ黒い裾の長い服を着た一人の婦人が喜捨を求めてやって来た。

金の腕輪などもしているのである。今日食べるものがないとも思えないが、そこの主人はなにがしかの金をその女に与えて帰らせた。

さらにしばらくすると、もう一人女がやって来た。その人は、先の女より、もっとたくさんの金の飾りを身に着けていたが、それでもなおもの乞いに来たのであった。すると店の主人は、その女にも金を与えて去らせた。

私は同行の日本人に、ここのご主人はいくらくらいあの人たちに渡したのでしょう、と尋ねた。私はそれを小声で訊いたのだが、同行者は、主人に通訳してしまった。

おもしろいことに主人は先に来た貧しそうな女に渡したのよりはるかに多額の金を、後から来た金の飾りをたくさん着けている女の方に渡したのであった。

「どうして?」

と私は尋ねた。

「先の人の方がずっと貧しそうでしたのに」

同行者はその言葉もまた通訳した。

「金は分に応じて与えるべきだ、と言っています。つまり持ちつけないほどのお金を貧乏な人に与えれば決していい結果を生まない、と言うんです。ですから、貧しい人には少し、ちょっと裕福な人には、それよりたくさん、という発想なんですね」

金もまた力の一つの表れである。そして力というものを、日本人のように、悪と見なしたり、不道徳なものだ、と思う国民というのは、あまりないのではないか、とも思えるのである。

私たち日本人は、装身具の地金としてプラチナを好む。私自身は肌の色が黒いのと、どうせ着けるなら成金趣味がいいなどと居直って、金のアクセサリーを愛用しているが、金というのは下品で、銀色のプラチナの方が上品でいい、と感じる人は世間に多いのである。

しかし東南アジアを始めとして、金の方が、銀、または銀色のプラチナより豪華に見えていい、と評価する土地は実にたくさんある。だから、それらの国に行く場合、時計はステンレス製よりも金色をしたものの方が通りがいい。その方が金持ちに見える。そして金持ちだと見えないと、相手にされない場合もあるのである。

海外でホテルが満室のとき……

東南アジアの多くの国で、ついこの間まで、(或いは今日でも、と言う人もいる) 女の美は太った肉体にあった。

それは肉感的だということもあろうが、妻を太らせるのは、夫に経済力がある、という証拠だし、社会全体が貧しければ、太った人というのは、彼または彼女が上流階級に属しているということの端的な表れになりえたのである。だから、エジプトでも近年まで、女たちには油を飲ませて太らせたのである。

商社の組織に属するエリートだったり、政府の高官であったりすると、世界中、どこを旅行してもホテルが取れなくて困るなどということはないだろう。だから、ほんとうのその国の実情はわからない時もあるのではないか、と私などは邪推したくなる。

　しかし私のようにごく普通の、グループにさえ属さない一人の旅行者として旅をしていると、アラブ諸国の地方都市などでは予約を取ってあるホテルでさえ、部屋がないと言われることがあるのである。

　その理由は単に事務上の杜撰(ずさん)さの結果だったり、あるいはよその……例えば他のアラブ諸国の……大臣が急に来ることになってそのためにホテルの半分がそのご一行さまのために貸し切りになった、とかいうことなのだが、私はそのとばっちりを受けて、ほんとうに果たしてその夜、まともに寝られるかどうかちょっとしたスリルを味わうことになってくる。

　予約の紙を見せてもだめなの？　と日本人は訊く。予約があったら、ホテルは何とかするだろう。ならなかったら、ホテル側は恐縮するだろう、などと考えるのは、日本人独特の甘さであって、彼らはどんなに文句を言われようと「マレシ」（神の意のないこと）――つまり「しようがないじゃないか」というしらじらしさで両手を広げて肩を竦(すく)めるだけである。

そこでこちらとしたら、次の作戦を考えなければならない。つまり仕方なく野宿でもするか、それとも力ずくで相手にないはずの部屋を出させるか、どちらかである。日本なら野宿もおもしろくていいが、ドロボーもいる国では、戸外で寝ていたら、男でも持ち物全部取られかねない。

とすれば力ずくで部屋を都合させる他はない。とは言ってもまさか相手をゲンコツで殴るわけにもいかないから、別の種類の力を使うわけである。

そういう時おおむねやり方は三つある。

第一は、月並みだが、金の力を使うことである。パスポートの間に十ドル紙幣などをさりげなく挟んで渡す。すると、

「ちょっとお待ちください。ああ、一部屋だけ急にキャンセルになったのがありました」

ということになることもある。

第二のやり方は威張ってみせることである。たいていの場合こちら側に威張るデータなどないのだから、全くのはったりで威張るのである。

「君、僕は大統領の親友なのだがね。その僕に対してこういう失礼をしてもいいのかね」

もちろんホテル側も、そんな言葉をまともにすぐ信じるわけではない。しかし一つの部屋を二人の客が争っている場合、一方がただの人で、一方が「大統領の親友」だと言っているなら、もしかするとほんとうにそうなのかもしれないから「大統領の親友」の方にやろう、ということになる。

第三のやり方は私の一番好きなもので、私の男の友達は皆やっている。ただしこのやり方の唯一の難点は、女にはできにくいテクニックであるということだ。部屋がないと断られると、私の男の友達は、フロントの中で誰でもいいから眼を合わせた女の子を呼んで、小さな声で言っているのである。

「君、ほんとうにきれいだね。どう、僕とお茶でも飲まない？　もっとも僕がこのホテルに泊まれればの話だけど」

実際問題としてアラブの女性と差し向かいでお茶を飲むなどということはほとんど不可能な場合が多いけれど、これで何となく部屋が出てくることがよくある。

第一のやり方は金の力、第二はコネの力、第三は色気の力、とでも言ったらいいだろうか。そのどれもが、一種の力なのである。そしてそれらの力は、どれを取っても決して悪いものではない。原子爆弾や細菌兵器を使うわけでもなく、経済的に追い詰めるというわけでもない。札びらを切る、と言っても何億円の汚職というわけでなく、数千円の心付けである。

その範囲の力を蓄え、使うことはどこの国でも決して悪いことではない。日本には力のあるもの、大きなもの、はすべて悪いものという先入観があるが、他の国では当然のことながら、力も、ないよりはあった方がいいに決まっているものなのである。

生き抜くための力

力のないものはだから当然振り落とされていく。それを日本では、差別で残酷なことだと言い、多くの外国では競争は当然のことだ、と考える。もっともそれとても限度がある。人間がお腹を空かせたり、屋根もないところで雨に打たれて寝なければならなかったり、病気でも治療が全く受けられなかったりすることは、世界中、とは言わないが、多くの国で避けたいことだと考えられている。

しかし一応普通の生活ができるのだったら、それから先は、能力がある奴がのしていくということに、一応の納得を持っている人は多いのである。

エジプトのルクソールで、発掘現場に通っていた時のことである。

ルクソールは昔のテーベの都で、今世紀中には掘り尽くせないほどの遺跡が残っているという。

左岸は、いわゆるネクロポリス（死者の都）だから、ホテルなどほとんどない。私も右岸のオールド・ウインター・パレスという古い格式のあるホテルに泊まって、そこから毎日発掘現場まで通っていた。ナイル河を渡し船で渡ってから後数キロの道は、足を自分で確保しなければならなかった。

日蔭もない暑い道を歩くことは不可能だから、初め私はロバを買うことも考えた。自家用車ならぬ自家用ロバは、そんな大した値段ではなかったので、誰かに頼んで、左岸で買ってもらい、取材が済んだ時、また売ってもらえば、それほどの出費にもならないだろう、と考えたのである。

しかしロバほど人を見る動物はない。こいつは乗りなれていない、と思ったら、途中で草など食べだして金輪際動かなくなる。

私は仕方なく、向こう岸でタクシーを拾うことにした。タクシーがあれば問題ないじゃないの、と私の話を聞く人は言う。しかしそのタクシーたるや、シートはぼろぼろ、埃でざらざら、床にも泥に混じって羊のフンが落ちていることがある。

運転手はガラベーヤという寛衣(かんい)を着て頭に布を巻いているが、衣服も埃だらけで、私はいつもノミをうつされるのではないかと恐れるのである。

それでも日本のようにタクシー乗り場が決まっていて、そこへ行けばいやでも先頭の車に乗らねばならない、というのならまだしも心理的に簡単なのである。彼ら運転手たちの客引きはもうナイルを渡る数分の渡し船の中で始まっている。メーターがないから、値段の交渉をするのである。

その手の運転手たちは、外国人と見ると口々に「タクシー、タクシー」と言って擦(す)り寄ってくる。船着き場の周辺には、茶店が一軒あるだけで、何もない。河を渡ってきた客は、いずれはどこかへ行かねばならないことはわかり切っているのだから、彼らは張り切るのである。

ただ毎日毎日、渡し船の中で、数人の運転手たちから、口々に勧誘されるのはたまらない、何とかならないものか、と思う。

そもそもこの渡しからしておかしい。純粋の観光客は、全く別の船着き場からもっときれいな船に乗るので関係はないのだが、この土地の人たち専用のこの渡しには、少なくとも二段階の値段がある。純粋の土地の人用の値段と、私たちのようなアラビア語を話さない外国人用の値段である。

彼ら運転手たちは、恐らくただの顔パスで乗り込んできて、船の中で向こう岸に着いた時の客を物色しているのである。だから観光シーズンでもないと、私などは数人の運転手に囲まれることになる。

そこで、私は彼ら数人の前で一人一人に「カーター・ハウス」までいくらで行くか、と言わせることにした。そして一番安い値段をつけた人の車に乗るのが一番簡単だとわかったのである。

日本人の神経だと、売り手を並ばせておいて、一番安い値段を言わせる、などというのは趣味の悪いこと、阿漕(あこぎ)なことだ、という感覚があって、私も初めは人並みにそれにこだわっていた。しかしどうも様子を見てみると、関係者の眼前ではっきりした方が相手も納得するのである。

ということは、彼らの社会では生き抜くのは自分の力だということを知っているから、安い値段を供給できる、ということも一種の力なのである。

聖書が言う通り、富を悪によって得る人もいるだろうが、現代では決してそうばかりでもない。そしてまた現代日本では、聖書時代のような際立った貧しい人などというものもほとんどいない。

また力、というものの本質もさまざまである。現代では、力というものは、決して経済力だけでも、武力だけでも測ることができない。もっともその二つが全くないという国があったとしたら、それは国家間で力を持ち得ることではないだろうが、二つがあれば、それでいいというものではなくなっている。

一九八七年、ザルツブルクへオペラを聴きに行った帰り、ヴェネツィア・サミットを特派員のテントで覗(のぞ)かせてもらった。イタリアの経済状態が上向きになってきたとか言われていたが、ファンファーニ首相は小柄な方で、街を歩いていても他国民は気がつかないだろうと思われるような風貌(ふうぼう)である。

しかし学問芸術に深い造詣を持ち、この方の指導力と魅力で、サミットがうまく運営されている面は大きいという。

真の優しさには「力」の裏付けがある

力を示すギリシャ語の「アレーテー」という言葉が、徳とも大きな関係があることは、前にも書いた。そもそも、ギリシャ語では力と徳と、それから勇気までがこの同じ「アレーテー」という言葉で表される。だから、力を持つ、ということは、勇気がある人だということだし、勇気がある人というものを、すぐ戦いで勲功を立てる人と連想しがちな日本人の考え方は、数千年前のギリシャ人より浅い証拠になる。勇気のある人というのは、古代ギリシャでは徳のある人のことをも指していたのである。

なぜならばこの「アレーテー」という語は同時に「貢献」「奉仕」とも同義語なのである。つまり力がなければ、他人や他国に対して「貢献」も「奉仕」もできないという道理だろう。

勉強さえできて、東大や京大へ入ればいいと考えている親たちは、この言葉の持つ豊かな意味を、ぜひとも考えてほしいと思う。秀才と言われる人たちの頭の働きの多くの部分は、まもなくコンピューターによってとって代わられる時代になるだろう。人間が人間にしかできない仕事をするのは、この「アレーテー」という一つの言葉の持つ総合的な力を理解する他はない時代が来る。

日本で、例えば野菜を買いに行く場合、高価な大島紬を着て行ったりすると、売り手は人を見て「こういう金持ちにまけてやることはない」と思う、という方がノーマルなのではないか。むしろしょぼくれたなりをしていけば、ああ、この人は質素なんだな、ほんとうにつましく暮らしているにちがいない、と思い、そういう人に高い値段を言っても買ってくれないにちがいないから、まけておこう、という気にもなるのである。

多くの中国人も服装に構わない人たちである。シンガポールや香港で、その辺の町のおっさんかと思われるアロハの男が、実は大店の主人だったりする。しかし多くの場合、人間をまず判断するのは服装である。

アラブの人たちは、ごみだらけの一間きりの家に住んでも、出かけて行く時は、ズボンにきっちりとアイロンを当てて折り目を立てる。

「アラブではどっちなんですか。金持ちらしいから、この際吹っかけて高く売りつけようと思うんじゃないの？」

私は或る時、アラブ通の日本人に訊いた。

「いや、反対でしょう。こっちの連中は、貧乏ったらしく見えたら、安くしませんよ。もう二度と来ないだろう、と思いますからね。だけど金持ちだったら、また来てくれるだろうと思うから、安くしますよ」

力というものに対する解釈はおもしろい。もちろんそれはめいめいの自由でいいのだが、イギリスの田舎を歩いた一九六二年のことを思い出す。

私には初めてのイギリスであった。私はこの国がこんなにも寒いところだったのかとびっくりしていたのである。

スコットランドに向けて、私たちは借りた自動車で北上しつつあったが、八月なのに、私にとっては夏なお寒かった。私は当時流行っていたモヘアのコートをはおり、借りた車にはヒーターさえついていないので爪先が寒くてたまらず、シートの上に脚を折り曲げて座っていた。

途中で何度も入江のようなところをフェリーで渡った。雨がしとしと降っている、と言いたいところだが、もっと悪い。凍えそうな雨が横に吹きつけている。

私はフェリーの中で、車の天井を打つ雨の音を聞いていた。聞いているだけで寒くなるような響きである。自分は濡れなくて済んでいる。ありがたいと思わねばならない。

私たちの車の傍には、車無しで、つまり歩いて渡る人が数十人いた。レインコートに雨用のブーツをきちんと用意している娘さんもいる。

フェリーは五、六分で着くのだろうが、中に一団、男女・老若とりまぜたハイキングのグループがいた。透明ビニールのレインコートや合羽を着た人もいるが、いずれにせよ、濡れて寒そうである。

私たちの車のすぐ脇に、八、九歳に見える男の子が雨の中に立ちながら、じっとこちらを見ていた。歩いていればまだしも、こうやって海風の中で濡れながら吹きさらされて立っていたら、さぞかし寒いだろうと思い、私は窓を開けてその子供の母らしい人に言った。

「向こう岸に着く間だけでも、中に子供さんを入れませんか」

「ありがとう。でも気にしないでください。私たちは体を鍛える目的のために来たんですから」

眼鏡をかけた母親であった。眼鏡が濡れて曇っている。しかし笑顔だった。笑顔だったが、彼女は、自分の教育を一介の通りがかりの外国人のセンチメンタリズムに侵されることは拒否したのである。

恐らく彼女は子供を、寒さにも疲労にも耐えられるようにしておくのが当然と思っていたのである。だから鍛錬の目的に反するようなことは穏やかに断っただけなのである。

もちろん日本にもこういう人々がいないわけではない。しかしイギリスではそういう光景が、私のような旅行者にも眼につきやすい。或る老夫婦は午後四時過ぎのお茶の時間になると、小雨の降り続く道端に車を止め、小さなテーブルと椅子を出して、そこでピクニック用の焜炉でお茶を沸かして飲んでいた。冷たい雨の中でご苦労さま、と言うのも余計なこと。長い年月の間に儀式にも似た習慣になった家族の生き方なのだろうが、少なくとも冷暖房完備の喫茶店に入りたがる私の心理と比べれば、やはりそこには、健全な意味での力への憧れがあるようにも思う。

　金力、武力、体力、知力、芸術の力、信仰などを持つ者が、思慮深く、謙虚で、人間に対する優しさに満ち、世評に動かされず、信念を持ち、かつ世の中の虚しさも知り尽くしていれば、その力が悪いわけがない。力が悪い、などという発想は、力そのものが間違っているか、積極的に社会をよくすることに参加することを拒否しているか、どちらかなのである。

第3章

ゆるやかな時間の中で

黒人をみない医者

知人がアメリカに駐在していた時のことである。

深夜、お腹が痛くなった。彼は知人の医者のクリニックに駆け込んだ。

痛み止めの注射を打ってもらってほっとして帰ろうとしていると、入り口のドアを押して、いかにも苦しげな黒人の女性が入って来た。

「五百ドル払えるかね」

とドクターはいきなり言った。肌の黒い患者は一瞬考えたあげく、首を横にふって悲しい眼差しを残して出て行こうとした。

「僕は普段けちだし、決して親切じゃありませんけどね。その時、ついさっきまで自分が苦しかったもんで、その人が気の毒になりましてね。思わずその人を呼び止めて、『僕が五百ドル払いますから』と医者に言ったんです。そうしたら、その医者が『君が払っても、僕は黒人はみない』と言ったんです」

この話を聞いたのは一九六八年頃のことである。私はアメリカに暮らしたこともないので、ほんとうに細かくこの話を理解することはできないような気もする。それにまた今は状況が変わっているかもしれないし、底流は同じなのかもしれない。とにかく、その時、この心温かい商社マンは、黒人の女性にもドクターにも「余計なこと」をしたことになる。

日本人は、体が悪くなったら、すぐさま、金があろうがなかろうが、医療を受ける権利があるし、それができないような状態なら、それは許すべからざる政治の貧困であり怠慢だ、というふうに感じている。

日本領土内ならどの離島にでも、嵐ででもない限り、人命救助のためにはヘリコプターが飛ぶ。救急車は今の日本なら、ほとんどの土地から三十分以内に、一応の医療機関に患者を連れて行き、そこで応急処置はしてくれる。少なくともひどい痛みだけくらいは止めてくれる。しかし発展途上国でも先進国でも、痛みを止めるということさえ、それほど簡単にはできないところが多い。

アフリカの内陸にあるマリという国の首都からうんと離れた村で、私は一人の少年に会ったことがある。その子は十三、四歳に見えたが、足の親指の爪が瘭疽（ひょうそ）になって腫（は）れあがり足を引きずっていた。

彼らはいつも裸足なのだから、足の裏など木の皮のように丈夫である。そういう暮らしに馴れた子供が、足を引きずり、辛（つら）そうに、かたことのフランス語で「薬、薬」と言うくらいだから、そうとうに痛いのであろう。私はいつも車にちょっとした診療所ほども薬を持って歩いていた。それなのに、その日に限って、日帰りの短いドライヴに出るだけだ、と思って、薬箱をホテルに置いて来てしまっていた。私が持っていたのは、小さな消毒綿入れのケースだけであった。

その子の足の爪を消毒綿で拭いてやりながら、私はどれほど、薬箱というものはいつでも携行すべきものだ、と後悔したかしれない。普段抗生物質を使っていない子供には半量を投与するだけでも、即効があるだろうに、と悔しくてたまらなかった。

私はその村の深い谷の絶壁の上に立って、瘭疽の少年と限りなく遠くまで見える荒野にトビの飛ぶのを眺めながら、この少年が痛みを止めてもらいにどこかまで行くということは、事実上、長い長い実現の難しい旅をしなければならないのだ、ということに暗澹としていた。路線バスもない。タクシーもない。第一それらのものに乗るお金がない。自然を残すということは、まさにこのような残酷な面を伴うのだということを、ナチュラリストと呼ばれているような人たちは、どう考えているのだろう。

この反対の国もあった。東南アジアの旅行の途中、まだ小学生だった息子を連れて香港まで来た時、彼は高熱を出した。風邪かもしれないが、ちょうど十日ほど前、タイのあまり清潔とは言えない海岸で彼は泳ぎ、海中の構造物の釘で足に怪我をした。だから破傷風ということもないとは言えないかもしれない。

幸い香港には知人がいて、彼女は個人の医者を起こすにはまだ早過ぎるので、クイーン・エリザベス・メモリアル病院に行った方が確実だと言い、自分の車で連れて行ってくれた。

救急用の部屋には白いカーテンで区切った診察台が幾つも並んでおり、何科の患者であろうとその一つに入れられる。やがてドクターが現れて経過を聞き、破傷風は確かに可能性がないでもないから、とワクチンを注射してくれることになった。初めにテストをし、それが大丈夫となっても、注射の後、何分間か待って異常反応が現れなかったら帰ってもいい、という。

すべての適切な処置が終わって、それで驚いたことに全く無料であった。たとえ旅行者でも、である。

息子の治療費をただにしてもらったからではないが、こういう制度を見ると、もし香港が植民地としてスタートしなかったら、この年代までにこのような生活の諸条件が果たしてこの土地にできたかどうかを考えてしまう。確かに植民地制度はいいものではないが、その土地の人々に、独立の意欲と組織の才能が既に備わっており、悪しき要素は避け、良き部分は積極的に取り入れるという選択眼があれば、願わしくない社会状況をも逆手にとって短い時間に進歩することもできるということである。この病院に後年作家の梶山季之氏も旅行中に運び込まれ、そのまま亡くなられたはずだと記憶している。

幸福なたわごと

自然はいいものだ、自然を守ろう、というのは、日本の、穏やかな上に更に人間に従属させられた人工的な自然しか知らない日本人の、一種の幸福なたわごとだ、と思う時もある。

例えば砂嵐はインドでもサハラ砂漠でも、どこでも季節によっては覚悟しなければならないものらしいが、私はインドで二回砂嵐を体験した。

こんなことを言うと皆に笑われるのだが、私は砂漠の音を確かにこの耳で聞いたのである。どんな音だと言われても、今になると説明に困るのだが、しいて言えば気圧の変化を音として聞いたようなものだった。あれと思って眼をあげるとあたりの空気の色が変わっていた。二度目の砂嵐の時は、私は田舎の村の家の裏庭に生えているけちな菩提樹の下で手紙を書いていた。私はその時、砂嵐の匂いを嗅いだのである。周囲の空気が奇妙にキナくさくなったので、私は手を止めてあたりを見回し、はるか彼方の巨大な砂色のカーテンがこちらに向かって走ってくるのを見た。

その時は二度目だったから、すぐ「砂嵐だ」とわかった。私は筆記用具をまとめて家の中に逃げ込んだ。二、三十秒だったろうか、とにかく私は間に合ったのである。

それから二、三時間、外は「ミルク入りの紅茶」色になる。何も見えず、何もできない。トカゲも人間も同じようにただ物蔭に身を潜めている。政治も経済も情事も一時ストップである、と言ったら、いつか「情事にはちょうどいいんじゃないかな」と注意されたことがあった。砂嵐の時までに二人が会っていれば、である。一人が道の途中だったら、二人はやはり嵐が収まるまで、会えないことになる。

数時間すると、外は少しずつ明るくなってきて、トカゲはまだとしても人間は外に出てくる。嵐は収まった、と私は思い、眼からはずしていたコンタクト・レンズを元通り装着した。その夜、電燈を見ると周りに虹が見えていた。眩（まぶ）しくていくらでも涙が出た。コンタクトをすぐはずしたがそれでも眼が痛い。空中に浮遊していた細かい埃がコンタクト・レンズと眼の間に入って、私の角膜は両眼とも傷ついてしまったのである。その日は着ている服を脱ぐことも、瞼（まぶた）に触れると痛くてできなかったので、そのまま眼の痛みをこらえながら寝てしまった。砂に洗われると、傷つくのは、人間の角膜だけではない。砂漠の砂嵐で被害が大きいのは、自動車のフロント・ガラスである。

　サハラ砂漠を二十三日かけて縦断した時、私たちは使用した日本の自動車のメーカーに、幾つかの特殊な装置を発注した。その中の一つがフロント・ガラスの外側に砂嵐防禦用の厚いカバーをつけることであった。ところが出来上がってみると、カバーはフロント・ガラスの内側についていた。メーカーの人たちは車が砂嵐に遭った時、カバーもせずに放置して砂に洗わせておけば、数時間でフロント・ガラスが磨りガラスになり、もう使いものにならなくなることを、想像できなかったのである。

このように私たちは、頭を働かせて用意を怠らないつもりだったが、砂漠ではもっと賢い車に出会った。それはオランダから観光客を乗せてきたオンボロ・トラックだったが、最初からフロント・ガラスをつけていなかったのである。フロント・ガラスを入れるべき枠はちゃんとあるのだが、この苦労人の運転手は、フロント・ガラスをとっくにはずしてしまっていたのである。どちらが賢いかというと、もちろんオランダのトラックだということは明白である。「ガラスがなければ、磨りガラスにはならない」というのがその答えである。

オーバーを着て暑さを避ける土地

私は本来臆病で、殊に寒さが怖い。だから、今までに零下十五度くらいまでの体験しかない。しかし暑い方ならかなりの温度の中で暮らしたことがある。私が行ったことのある国々で、一番暮らしにくいように思ったのは、ペルシャ湾に面したクウェート、サウジアラビア、アラブ首長国連邦などである。

　これらの沿岸諸国は、気温は三十七、八度までが多くそれほど暑くはないのだが、湿度は高いので、冷房を利かせない限り、発汗によって体温を調節することができない。室内にいない限り、下手をすると熱中症のような症状になる。

「海水浴は、とてもだめですわ。暑くて泳げませんもの」

　と現地の日本婦人が深刻な表情で言った言葉は、その時はおかしくて笑ってしまったが、後で考えると壮絶なものだと思う。

　インドの夏の日差しの中は、楽に五十五度くらいまでにはなった。「今年は涼しい」という四十二度の気温が長く続いた或る夏、アグラという古都で、冷房のない部屋に寝たこともある。夜半過ぎてもあまり暑いので、私は石の床に水を撒(ま)いて、何とか暑さを凌(しの)ごうとしたのであった。暫(しばら)くすると、ジイジイと虫の啼(な)くような音がした。

　おかしいな、と思った。窓は宵の口から閉め切ったままである。泥棒と覗(のぞ)きと虫が怖くて、とうてい開けてはおけないのである。だから部屋の中に、啼(な)く虫など入っているわけはない。

やがてそれは、私がついさっき床に撒いた水が急速に蒸発していく音だとわかった。フライパンに水を入れるとジュッと音を立てて水蒸気になる。あの音の緩やかなものなのである。床に撒いた水はどんどん面積が縮まり、十分間くらいであとかたもなくなった。湿度が増えてその分だけ暑く感じただろう、と夫は科学的な頭のない私を嫌がらせるようなことを言う。

それほどの暑いところへ行った時、私は何度か風邪のような症状になり、食欲が全くなくなり、だるくて動けなくなった。今にして思うと、私はもっと塩を積極的に摂らなければならなかったのである。しかしとにかく塩分は体に毒と思い込んでいる日本人は、コカ・コーラに塩を入れて飲むなどということを思いつかない。いいのは、日本でスポーツ・ドリンクと呼ばれ、ユニセフでは「ミラクル・サルト」と言っている（両者の含まれている成分が全く同じかどうか私にはわからないが）一種の体液に近い塩類を入れた飲み物を摂取することである。

暑ければ脱ぐというのが、子供の時以来、私の知っている唯一の知恵であった。ところが暑い国では着なければならないということを知ったのも大きな驚きであった。まず肌を太陽や風、虫や擦過傷から守るために長袖とスラックスを着る。私の体験では、土地が違うと、ちょっとした傷もすぐ膿むので、肘や足を剝き出しにしない、ということは、基本的な用心だと言える。

シリアのダマスカスなどでは、それこそ五十度前後と思われる暑い昼下がりに、おばさんたちは厚いフエルトのオーバーを着込んで歩いている。単純な理論である。つまり彼女たちがもし薄着をすれば、五十度を超える気温に曝されるが、しっかり着ていれば、服の内側は体温と同じ三十六度くらいに保たれるということなのである。暖房のない生活をしていたかつての日本人は、どてらを着たり、炬燵をしたりして、室内全体を暖房するのではなく、体の一皮外だけを最低限温めて耐えた。今まだ冷房のない暮らしをしている暑い土地の人々も、同じ理論で、道を歩く時は体の一皮外だけを涼しく保とうとする。人間の考えることはどこも同じようなものである。

「厳密さ」が評価されない場所

　自然の厳しさに耐えて生きていると、他にもさまざまなことが自然に返っていく。例えば、時間を守る、というような観念について、私たち日本人は自分たちが一方的に几帳面で上等な人間なのだと考えているふしがある。

　昔、四半世紀も前に、ブラジルで、川端康成氏もご一緒に、日系の方たちに講演会をしたことがあった。

「ブラジル時間というのがありましてね。少し遅れると思いますから」

と主催者から事前に言われた時、私は少しも驚かなかった。私は三十歳になったところで、少し講演などもするように、と言われるようになっていたから、日本中どこででも、講演会が十分や二十分遅れることには馴れていたのである。

　しかしブラジル時間というのは、私の予想をかなりオーバーしていた。その時の講演会は二時間以上遅れたのである。

講師の中のお一人に少しアルコールが入らなければ喋れない、という方があった。大体、講演会などというものはこっぱずかしいものだから、素面ではとうてい話せないという気持ちは私にもよくわかる。しかしこの方にとっても、二時間遅れるというのは予想外だったらしかった。この方は自分の出番に合わせて、時間を見計らって飲み始められたのだが、時間が延びすぎたので酔いがすっかりさめてしまった。それで次の出番に備えて改めて飲み出したら、今度は酔いが最高の時に出番が来た。とは言っても、別に講演に支障があったわけではない。

その時、邦人の一人が、待合室で、私たちを宥めようとしてか、いろいろブラジル気質というものを話してくれたことの方が今となると私にはありがたい。

厳密というのは、ブラジルの人情においては何らいいことではない、とその人は言ったのである。日本では結婚式の招待は厳密な人選のもとに行われ、若い人の立食形式の会費制の披露宴でもなければ、席だって好きなところに座るというわけにはいかない。

しかしブラジルでは通りがかりの人が、おめでたい結婚式をやっているのが見えたので、嬉しくなって飛び込みで入って来たなどというのはざらだ、というのである。結婚する家でも、そうやって祝ってもらえるのを喜んでいる。

こういう気分はシンガポールでも香港でも同じである。私は香港では、急に親戚の親戚という人の結婚式に行きましょうと誘われたことがあるし、シンガポールでは親しい友達の伯父さまの年忌に行かないか、と言われたことがある。友人は日本人で、中国系のシンガポール人と結婚したのである。

「だって私みたいな関係ないのが、伺ったら失礼でしょう。旅先で喪服は持ってないし……」

と言うと、

「いいのよ、誰が来たって。それより、あなたに、中国のお精進料理を食べさせたいから」

何のことはない、ちょっとしたご縁でただで精進料理をごちそうになれ、ということなのである。服は誰も日本式の喪服らしいものは着ていない。ピンクとか赤とかオレンジなどの暖色系の服さえ着なければいいと言うのである。そして、私はそこにいた一族のすべての人から、よく来てくれた、と温かく迎えられたのである。

おもしろいことに香港の結婚式も、シンガポールの年忌も、共にはっきりした時間がなかった。

「いつ行ったっていいのよ」

とどちらも同じようなことを言う。

年忌のお寺のお斎（とき）も、親戚が何人か来ていて自然に始まったし、結婚式の方は早く来た人は麻雀をやっていた。麻雀は葬式にもつきもので、シンガポールでは他の時に、焼場でお棺に火をつけた後、お骨揚げまで麻雀をしているのを見たことがある。

日本人は、葬式にも年忌にも結婚式にも、肩いからせて緊張して列席する。しかしそれは、思いやりのないことであろう。

生活は、そこここで思い通りにならない。結婚の披露宴に遅れるから、というこうとで、渋滞している自動車の中で血圧が上がるほどいらいらしたりする日本人の方がおかしいのだけれど、結婚式の式次第が、独特のきっちりした手順で進行することをもって良しとする国では、とても悠長な贅沢は言っていられないのである。

一日遅れの汽車でいい

どこの国でも、その国のことをよく知らない人間が来ると、おもしろがっていろいろな知識を吹き込んでくれる人がいる。中には大げさでいささか真実と離れるのもあるらしいが、私など騙される側の楽しみを知っているから、すぐおもしろい話に乗ってしまう。

ブラジルには「ピアーダ」と呼ばれる小咄があって、それは、読み人知らずで、人の口から口へと伝えられていき、誰がどう改変したのかはわからないが、次第におもしろくなって語り伝えられる、と教えられたのもその時だった。

もともと、話がおもしろくなるようにオーバーに拵(こしら)えてあるものだから、正確かどうかなどは二の次なのだが、「一面の真実」を衝(つ)いているから愛されるのだろうと思う。そして私はこのピアーダの存在を知って、ブラジルという国を好きになり、その心とその大人の表現を深く尊敬したのである。

私の聞かされたピアーダは次のようなものである。いずれも強いて題をつければ「ブラジル人が時間を守らないことについて」ということになろうか。

第一のピアーダは次のようなものである。

「或る時、バスに乗った。すると、バスは路線を離れて別の道へ入り、一軒のアパートの前で止まった。運転手は、その家の中に入って行ったきり、なかなか出てこなかったが、乗客は文句も言わずに辛抱強く待っていた。

しばらく経ってやっと運転手は出てきたが、『このバスはもうここから先は行かない』と言った。日本人は文句を言いたそうになったが、ブラジル人たちは諦め切った表情で文句も言わず、三三五五散っていった。

『どうしてもうここから先、行かないのかね』

と不満たらたらの日本人は一人のブラジル人を捕まえて訊いた。するとそのブラジル人は答えた。

『このアパートの上の階に、運転手の女が住んでるのさ』」

二つ目のピアーダは、こういう話である。

「或る日本人が、ブラジル人のビジネスマンと大きな契約を結ぶために指定の所へ出かけて行った。大体こういう時、相手は決して時間通り来ないということはわかっていたが、それでも、もし来たら相手に悪いと思って、几帳面な日本の商社マンは約束の場所に時間通りに着いた。

果たして相手は時間にはやって来なかった。一時間、二時間、日本人はじりじりし出したが、自分が帰ってしまった後でブラジル人のビジネスマンが来て気を悪くしたら、折角の商談もだめになると思ってじっと我慢して待っていた。

待たされること三時間になんなんとした時、やっと相手のブラジル人がやって来た。日本人の商社マンは、安堵も手伝って思わず相手に怨みがましく言った。

『どうして君は、こんな大切な仕事がある時に、時間通り来ないんだ？』

『いや、僕はちゃんと時間通りにうちを出たんだよ』

とブラジル人は楽しそうに答えた。

『だけど、駅の傍で初恋の女に会った。それでちょっとお茶を飲んで来た』

『そんなこと言ってる場合じゃないだろう。僕にとっても君にとっても、今日の契約は大切なものなんだから』

『そうかな』

とブラジル人は反論した。

『商談はいつでもできる。現に君だってこうして待っててくれたじゃないか。しかし初恋の女にはなかなか会えるもんじゃない』」

このピアーダを教えてくれたのはもちろん邦人なのだが、その語調の中には、ブラジル人は時間を守らないので困るというニュアンスよりも、日本人は恋人との再会は何にもまして大事、という普遍的な真理まで忘れてしまっている、という自嘲の含みの方が濃かったように思う。

三番目のピアーダも時間の話である。

「或る日本人が駅へ人を迎えに行った。ブラジルの汽車は時間が不規則なので、たいていの日本人はいらいらする。その日本人も、どうせ汽車は遅れるんだから、遅く行こうかと思ったのだが、万が一、定刻に着いたら悪いと思ってやはり時間通りに出かけて行った。

ところが、驚いたことに、汽車は完全に時間通りに入ってきたのである。この日本人は驚くと同時に嬉しくなり、プラット・ホームにいた駅員に思わず声をかけた。

『凄いもんだね。ブラジルの汽車もこの頃は実に正確じゃないか』

すると、その髭面の駅員はむっとした表情で答えた。

『この汽車は昨日着くはずの汽車でさあ』」

私自身は外国でビジネスをしたことがないので、こんなのんきなことを言っていられるわけだが、私はつくづく時間に正確だけでは息が詰まる、と思うことが多いのである。

時間から解放されて

この頃時々、日本の郵便も誤配をするようになって、それは一面では由々しき堕落なのだが、そういう時私は時々下らぬことを空想して楽しんでいる。

私たちの「業界」では、執筆者だけの特別な住所録というものがあって、夫の三浦朱門の住所のちょっと前には三浦綾子さん、すぐ次あたりは三浦哲郎さんという具合である。だからおっちょこちょいが、ごく稀にだが、源泉徴収票などを送る封筒の住所を間違って書いてきたりする。

うちが払うべきバーのつけが三浦哲郎さんのところへ配達され、ベスト・セラー作家である三浦綾子さんの原稿料がごっそり現金書留で間違ってうちへ送られてこないかなあ、と私は空想するのである。しかし原稿料は銀行振り込み、かつ郵便は正確ときているから、この手の願わしき混乱はまず起こらない。だから日本はいい国でつまらない国なのである。つまり郵便が確実に早く届くという国では、言い訳ということができなくなってしまう。

「あれ、手紙出したんですけど、着かなかった？」

という言い訳が成り立たないのである。

インドでは――もう三十年近くも前のことだが――郵便を町はずれのポストなどに投函すると、着かないことが多いから注意しなさい、と言われた。あちこちのポストから手紙を集めて本局に持っていく係が、切手を剝がして売ってしまうので、つまり手紙は捨てられてしまう、ということなのである。

フランスでも郵便は正確ではない。何年か前、パリからホノルルへ出したお見舞の手紙はついに着かなかった。これはもっとも、フランスの郵便が不正確というより、ホテルのフロントの男がいい加減だった、ということかもしれない。そういう不正確な男がビジネスをしているということは確かに困ることなのだが、一面で彼自身はそのいい加減さの故にノイローゼにもならず胃潰瘍にもならないで、家庭では陽気な父さん、外ではしょうこりもなく女を追いかけ廻す色男という楽しい人生を送っているのかもしれないのである。

時を示す言葉を、ギリシャ人は厳密に区別した。一つは私たちが普通に時間の経過を考える時に使うクロノスという言葉で、これが時計を示すクロノメーターになった。

もう一つは特定の時を示すカイロスという言葉で、クロノスが量的時間を示すとすれば、カイロスは質的時間を表していると言える。私たちがおもしろくもない作業で働く退屈な時間はクロノスで、先に出た初恋の人との再会という輝くような時間＝機会はカイロスなのである。

ところでギリシャ神話の中に出てくる二人の時の神、クロノスとカイロスは共に烈しいイメージである。

クロノスはウラノス（天空）の息子だったが、この父は子供が生まれる度にタルタロス（地獄）に投げ込んでしまうというひどい性格だった。それでクロノスの母のガイア（大地）は末子のクロノスに斧を与えて父親に復讐させようとした。クロノスはその斧で、残酷な父親の生殖器を切り取って支配権を奪ったので、地獄に閉じ込められていた兄弟姉妹たちは次々と解放されて出てきた。

このクロノスもしかし父に負けず劣らず、子供を信じていなかった。自分が父を倒して支配者になったクロノスは、「お前の子供の一人がお前を倒して支配者になるだろう」という予言を恐れ、この予言が自分の上にも実現することを何としてでも防がねばならない、と思った。それで、彼は姉妹の一人であるレアを妻として子供が生まれると、その度にわが子を飲み込んでしまった。

妻のレアはかつてクロノスの母ガイアが味わったのと同じ悲しみを体験しなければならなかった。

レアはクレタ島でゼウスを生んだ時、一計を案じてこの残酷な夫クロノスには、生まれた子供だと言って布にくるんだ石を渡した。クロノスは石を息子と思い、急いで飲み込んでしまったので、ゼウスは辛うじて生きのびたのである。

一方、カイロスはこのゼウスの末子だが、なぜかいつも前髪は長く、後頭部は薄く描かれている。だから我々人間は、カイロス＝機会を待ち構えていてその前髪を摑んで止めることはできるが、逸しかけたカイロスは後ろから捕まえることはできないというのである。

この二つのギリシャ神話は、私たちに、時というものの、我々の人生に係わるその厳しさと苛酷さを教えているのだろうか。しかし総じて私たち日本人は、自分の「時」をそれほど深く自分のものにしていないように見える。

初めてインドネシアのバリ島へ行った時、土地の娘たちが、何人か集まって、遠目にはバナナなどの葉と見える植物を器用に折ったり切ったりして、一種の精巧な細工ものを作っていた。

通俗的な反応を示す典型的な日本人の一人として、私は彼女たちの作っているものは、当然経済的な価値を生むものと考えたのであった。つまり私は、それを民芸品としてどこかの土産物屋で売るとか、タイやマレーシアの列車の駅弁のカレーが、バナナの葉を折って簡単に木の小枝で留めただけの一種の「葉皿」に盛られていたことなどを思い出して、そんなことにでも使うのかと思ったのである。

ところがガイドさんに訊くと、それはそうではなかった。それは純粋に神さまに捧げるお供えものだというのである。

夕方の静かな時の流れの中に浮かんでいたような少女たちの、細い指の動きを私は忘れることができない。そこでは誰も時間にあくせくしていないが、それでも、一日は端正に暮れようとしていた。食事の時間は何時だなどと、慌てる人はいるのだろうか。ただ現世と来世との調和に満ちた南海の夕暮れには、間違いなく濃厚な祝福の気配が感じられたのである。

第4章

家族のあり様はそれぞれ

生きることがまず先なのだ

子供を「よい」教育環境のもとに置きたいという願いは万国共通のものである。つまり子供が置かれている場所が平和で、よく整備されていて危険がなく、栄養も行き届き、教育的配慮や設備も行き届く、という状態である。

日本だけでなく、台湾を旅行した時にも、日本とそっくりの塾で、夜十時まで勉強している小学生の姿が、開け放たれた窓からよく見えた。しかし世界中の子供が実際にこのような環境に置かれているわけではない。というより、それほどの手厚い保護を与えられている子供などというものは、全体の数から言えば例外に属するであろう。

教育的でないことを子供にさせることに対して、日本人はすぐいきり立つが、日本風に言うと金をせびることを、遊び半分、実質半分にしている子供は実に多い。

昔タイの田舎の道路の建設現場で取材していた時、タイ人の子供に交じって一人の白人の子供がいた。その子の父親は、ヨーロッパ人で、その現場の検査官として赴任してきたのである。

玩具も遊園地もスポーツ用具もない子供たちにとって、もっとも「実質的な」遊びの一つは外国人から金をもらうことであった。「コータン・パーツ(お金をおくれ)」と彼らは人の顔を見ると言い、手を差し出した。くれなくてもともと、くれれば大得、という感じであった。そして白人の検査官の息子も、土地の子供たちと同じように金をもらおうとして、塀の金網の向こう側から手を出していた。私がこの子の母だったら、このような土地にはやはり教育上いられないと言って、夫を残して帰ってしまうかもしれない、と私は考えていたのである。

望むと望まないとにかかわらず、生活に呑まれて生きるほかはない、というのが、地球上の多くの家庭の否応のない立場である。とにかく生きることが先なのだ。

飢餓で脚光を浴びる、という痛ましい状況に到った年、私も軽薄なジャーナリズムの人道主義の波に乗って、エチオピアの首都から五百キロほど離れた土地の難民キャンプの取材をしたことがある。そこの子供たちは、とにかく食べ物にありつくことが仕事のようであった。いつもキャンプの外にたむろして、何かいいことが起こらないかじっと見守っている。

特別に栄養の悪い子はキャンプの柵の中に呼び入れて、日に二度、給食をする。しかしこの飢えた子供たちは決してがつがつと食物をむさぼらない。まるで食欲がないかのようにのろのろ食べている。

空腹と飢餓が違うことを知ったのはその時であった。私たちが体験するのは、空腹だけだから、私たちは食物を待ち兼ね、目の前に出されるとがつがつして食べる。

しかし飢餓に陥った子供たちはもう食欲がなくなっている。生死の分かれ目で、死の方に近くなっている徴候なのである。

どこかのキャンプで「食べ物をあげよう」と言ったら、「毛布をください」

と答えた痩せ細った子供は、翌日息を引き取ったという。その話を聞かされた夜は、南十字星が天空にあたかも十字架のように弱々しく輝いている夜空を、まともには見られなかった。

エチオピアにいたのは、十数日だが、その間に、私は二度も、腕に抱いている子供を今すぐ持って行ってくれ、と言われたのである。私がどういう人間か調査一つせずに、である。一人は母親、一人は父親であった。周りにはたくさんの人もいる。その衆人監視の中で、とても子供を食べさせていけないから、もらってくれ、と二人の親は赤子を差し出したのである。

子供をやってしまうことが、決して子捨ての意味にはならないらしいことが、その状況からも察しられた。とにかく、親と子が生きるためには、そうでもするほかはない。もし私がそこでその子をもらってくれれば、それで、親子は生き別れである。生き別れでも生きていられればいい。生き別れなければ、二人とも死ぬかもしれないのである。生きることがまず先なのだ。だから、子を捨てようとする親を責めてはいけないのである。

こういう状況の子供たちは、学校へ行くことなど、意識にないように見える。しかし生きること、食物を探すことは、彼らにとって実に偉大な仕事なのである。どこの国のどんな大人でも、これほど真剣で絶対的な目標を持つ者はいない。飢餓を救うことは当然だが——それほど真剣な人生を歩いている子供たちは他の国では見たことがない、と私は思った。

生活のために闘う小さな闘士

これほどの飢餓でなくても、生活のために闘っている小さな闘士たちはどこにでもいる。

トルコではちょうど私たちの旅行の時期が夏だったので、学校へ行っている子供も休みだったのではないかと思う。町には朝から、丸い大きなアルミのお盆に載せた安いパンを売っている子供がどこにでもいた。時々自分でも食べ、

郵便はがき

おそれいりますが
切手を
お貼りください

102-8519

東京都千代田区麹町4−2−6
株式会社ポプラ社
一般書事業局　行

お名前	フリガナ	
ご住所	〒　　　-	
E-mail	@	
電話番号		
ご記入日	西暦　　　　年　　　月　　　日	

上記の住所・メールアドレスにポプラ社からの案内の送付は必要ありません。☐

※ご記入いただいた個人情報は、刊行物、イベントなどのご案内のほか、お客さまサービスの向上やマーケティングのために個人を特定しない統計情報の形で利用させていただきます。

※ポプラ社の個人情報の取扱いについては、ポプラ社ホームページ（www.poplar.co.jp）内プライバシーポリシーをご確認ください。

ご購入作品名

■この本をどこでお知りになりましたか？

□書店（書店名　　　　　　　　　　　　　　　　　　　　　　　　）

□新聞広告　　□ネット広告　　□その他（　　　　　　　　　　　）

■年齢　　　歳

■性別　　　男・女

■ご職業

□学生（大・高・中・小・その他）　□会社員　□公務員

□教員　□会社経営　□自営業　□主婦

□その他（　　　　　　　　　　）

ご意見、ご感想などありましたらぜひお聞かせください。

ご感想を広告等、書籍のPRに使わせていただいてもよろしいですか？

□実名で可　□匿名で可　□不可

一般書共通

ご協力ありがとうございました。

ロバのフンが乾いて土埃になっている地面の上に商売もののパンを落としたりもしているが、それは拾いあげて、ちょっと埃を払ってまた元へ戻して売るから少しも心配はない。

言葉のできる人に訊いてもらうと、六十個ほど売ると、母親と、三人の弟妹を一日養えるのだという。

アソスという遺跡のある海岸では、ビールの看板に釣られて、心躍るように海と馴染んでいる海岸まで下りて行った。ほんとうは冷たいビールなどあるはずはなかったのである。何しろ電線がないのだから、冷蔵庫があるわけがない。果たしてビールは、かっかと日に照らされたお燗ビールだったが——野天に置かれた安物のテーブルの上をせっせと雑巾で拭いたり、客の置いて行ったチップを集めたりしているのは十歳くらいに見える少年だった。

彼が店主なのではない。キャプテン帽を小意気にかぶって嬉しげにあたりを歩いているのは中年の男で、彼は、実は自分は歌手なのだ、と自己紹介した。しかし歌だけでは食っていかれないので、こうして茶店も開いている。トルコの歌は何がいいか、何でも歌ってやる、とサズ（楽器）を取り出す。リクエストしろと言われても、曲は『ウスクダラ』くらいしか知らないので、それを「所望」すると、張り切って歌いだした。その間少年は眉と眉の間に縦皺（たてじわ）を寄せ、人生の苦労はあの男ではなく、すべて自分が知っているというような表情で、ひたすらコップを洗ったり、片づけものをしたりしている。

トルコの言葉のできる同行者に、「あの少年は？」とキャプテン帽に訊いてもらうと、「息子だ」と言うのであった。全く苦労人の子供である。もっとも年は十歳ではなく十二歳であった。二枚目気取りのキャプテン帽の親父は当てにならないから、一家の生活は彼が背負っているように見える。

車が交差点で停まっていると、宝くじや新聞や花などを売りに来たり、頼みもしないのに窓ガラスを拭いて何がしかのお金をもらおうとする子供のいる国は、いくらでもある。子供をそのような危険な車道に入れて……と日本なら当然非難が出るところだろうが、それより生きることの方が優先だと誰もが知っているのであろう。

チュニジアの地方の町では、城壁の前に停めた私たちの車の窓めがけて、石鹼液を含ませたスポンジを片手に突進して来た子供がいた。そのすさまじさに、一瞬呆気にとられていると、その子供をまた引きずりださんばかりに追い払った男がいた。

そこはその男のショバだったのである。日本なら、相手が子供だから見逃してやるか、ということにもなろうし、世間の手前も、子供を追い出したとあれば恰好が悪いということにはなるだろう。

しかし子供も日本の子供とは違うのである。生きるために突進して来る。大人も子供と同じように生活は辛いのだ。いや、むしろ大人の方が一家の生活の責任を負っているだけにもっと真剣だと考える方が妥当であろう。だから彼が縄張りに不法侵入して来た子供を追い払っても、誰も社会的に非難しないのである。

「子供の聖域」を持っていない子供たち

子供が子供という聖域の中に置かれ、罪とは関係ない、と見做(みな)されている国は、ごく少ないのかもしれない。

ベイルートでは、パレスチナ人の難民キャンプで、六歳くらいの子供まで含む少年たちがレンジャー部隊と同じ銃剣術や綱渡りの訓練を受けているのを見たことがある。ほんとうに戦闘に使えるように訓練しているのである。つまり人が殺せなければいけないのだ。食肉用の動物を殺している子供、あるいはそれをまともに見ている子供たちは、それこそ世界中にいくらでもいる。自家用にも殺さねばならないし、父母が市場でそうしたトリや豚などを売っていれば、当然商売の手伝いをするためにも殺さねばならない。

しかし日本では、肉食は多くの人がしているにもかかわらず、理科の実験で蛙以上の高等動物を殺したらもうＰＴＡが騒ぎ新聞種になるという国なのである。自分たちがトンカツやステーキや親子丼を食べていることを、どう思っているのだろうか。自分の行動の源流を考えさせない教育というものは、考えれば考えるほど恐ろしいもので、それは思考の根がないことだから、たやすく暴走する力になりうると思う。

トリを殺すところを見せたからと言って、決して残酷な人間になるわけではない。

私は昔或るアラブ人の家庭で、小さな食事用の椅子に座ったその家の娘の、すぐ傍のソファに座るはめになったことがある。

娘は二歳か三歳くらいで、ちょうどお八つの時間だった。彼女はプラスチックのお皿に、十四、五枚のポテト・チップスをもらって食べているところだった。

ところが私が隣に座ると、彼女は自分が一枚のポテト・チップスを食べると、次は必ず私の口に入れるものと思い込んでいるのである。涎(よだれ)でべとべとになった小さな指で、彼女は楽しそうに、自分が食べ、次に私の口にポテト・チップスを持ってくる。私はそこで、ずいぶんたくさんのポテト・チップスを食べさせられてしまった。

それがアラブの礼儀なのだ、と同行者が教えてくれた。客とはいつも食物を分け合う。その家も決して豊かではなく、彼女も、ポテト・チップスを食べたくないから私にくれたのではない。

日本では一般的な二、三歳の子供に、そんな禁欲的なことができるだろうか。子供は神さまなのだから、人にものをやったりすることはない。もし、私の方から、子供のお八つの一部を取ったとしたら、私はひどく非難されるであろう。子供にとってはお八つの栄養源は大切なものなのだから、それを大人が取るようなことをするとは何ごとだ、という判断である。

しかしたまに肉体の栄養はいささか減っても、その方がはるかに教育的であることを、アラブの母たちは知っているのであろう。

持っている者が、持っていない者に分けることができなかったら、それは人間ではない。客に対しては、一個のパンを半分にしてももてなすものだ、という躾をしているのである。

つまりアラブの母は、早々と子供が大人の心を持つようにしている。それに対して、子供は神さまと思っている日本の母は、いつまでも子供に大人の心を教えない、教育不熱心な母だと言うことさえできそうである。

文化で違う愛の表現

私が結婚に成功したと思う第一の理由は、同国人と結婚したことだ、と時々思う。私のような人間がいるから、日本人は閉鎖的で、いつも固まって暮らすことになり、異文化の理解は不足し、貿易摩擦はいよいよ増えることになり、日本人はエコノミックアニマルだと言われるのだ、と言われても、正直なところ、私はそうとしか思えないのである。

私が夫婦の語らいを常に外国語でしていられるかどうか考えるのは、この際よそう。

　私は外国で長い年月暮らしたこともないから、材料は極めて不足なのだが、夫婦ともなれば、当然愛を示し合わなければならない。この示し方がどうも根本から違いそうなのである。

　私の友人の夫はいわゆる外国人で、日本にある外国商社に勤めている。或る日その友人から電話がかかってくる。

「ねぇ、来週あたり、あなたヒマない？　来週からジョンが出張なのよ」

　この科白（せりふ）は日本人の妻なら皆一度ならず口にするものだ。「亭主は丈夫で留守がいい」というあの思想に基づいたものである。

　彼女のジョンが出張して翌日に私たちはもう会うことにする。好機、逸すべからず、である。ジョンは辛抱強く優しく、私が、かつて自分が勤務したことのあるインドネシアの女性とよく似ているから懐かしい、と言って私に大変好意的だから、私も下手な英語で喋ることに臆面ないのだが、もしデリケートな神経の日本女性なら、ジョンの前で奥さんとだけぺちゃぺちゃ日本語で話したりすることは到底できないと思うから、自然付き合いが疎遠になってしまうかもしれないのである。

「今朝ねえ、ジョンのボスから、大きなバラの花束が届いたの」

おや、そのボスは彼女に気があるのかな、と私はびっくりする。それにしても悪いボスだ。夫を出張させておいて、その隙に美人の妻を狙うとは、日本の週刊誌に出て来る話みたいだ、と私はぼんやり考えている。しかしそういうニュアンスでもないらしい。バラの花束は、あなたの夫を会社の都合で取り上げて、一人であなたに留守番させることになって申しわけなく思っています、ということなのだそうだ。彼女が夫の留守をこんなに喜んで羽を伸ばしているのも知らずに、である。

アメリカ人の夫と結婚した友人はたくさんいるが、私の知る限り、国際結婚もあまりうまく続いてはいない例が多い。

一人の友人の夫は、教養があり、したがって日本とはどんな国かということを、学者並みに知っている。日本語もでき、日本の伝統的な文化にも充分触れて、その中でいい家柄の出である彼女を選んだ。決して進駐した国の街角で出会った娘と電撃的に一緒になったなどというのではないのである。

しかしそういうのでも長く続かない。二十年以上も結婚生活が続いたあげく、夫には同国人の、つまりアメリカ人の愛人ができた。

「私は彼が日本についてはかなり深い知識を持ってたから、私が日本風にふるまっていても大丈夫だと思ったの」

と彼女は私に言ったことがある。

「日本人って表現があまりオーバーじゃないでしょう。ほかのアメリカ人なら、夫が出かける時、うんと淋しいって言うんだろうと思うの。私も淋しくないわけじゃないけど、日本人だからにっこりして『じゃ、行ってらっしゃい。気をつけてね』って言ったのよ。

私、長い間それで、主人はわかってくれている、とばかり思ってたのね。でも彼はやはりアメリカ人だったんだと思うわ。それじゃ淋しかったんでしょう。今度の人なら、そういう時、やっぱり彼が嬉しいように言ってあげられるんだと思うわ」

ほんとうに日本人の表現というのは特殊だと思う。私の夫は、家を出て行く時、

「じゃあね、またね」

と笑う。私だけが長い旅行に出る時、よく成田まで送ってくれるが、今日からの束の間の解放感を一人祝して、はやばやと飛行場でビールなど飲んでにこにこして家に帰る、という。外国で「妻がいなくなると思うと嬉しくて、祝杯を上げた」などと言うと、万一飛行機が墜ちた場合には疑われて保険金が下りないし、それだけで離婚の理由になるのではなかろうか。

さて離婚した私の友人だが、彼女も私と似たような年だから、同じくらい年をとりはしたかもしれない。しかし今でも彼女は「優雅」な身のこなしである。喋(しゃべ)り方も、ものの食べ方も、服装の趣味も、すべて気品がある。夫が離れていくどころか、ますます年とって静かに輝いている妻を、大事に思うだろうと思うような人である。すると、やはり、彼女の夫も、異文化を持つ妻との生活

に、ただひたすら疲れたのかもしれない。

夫婦関係の限りない多様さ

別の国際結婚をした友人の夫は、これも、優しい紳士なのだが、うちで魚料理をすることを一切禁じている。彼自身は、東京の魚料理の店に行って、和洋どちらでもお魚を食べることは大好きなのだが、家で奥さんがお刺身を食べたり、目刺しを焼いたりすることは禁じているのである。

私は不実な人間だから、彼女にズルをすることを勧めたことがある。つまり彼の留守に私と二人して昼にお刺身を買ってきてササニシキを炊いて美味しく食べ、皿は洗い、歯は磨いて、そ知らぬ顔をしていればいい、とたきつけたのである。

「そんなことをしてもダメね」

と彼女は言った。

「彼はうちへ帰ると自分で冷蔵庫からビールを出してきて飲むのよ。その時、お刺身を十分でも冷やしておいたらもう匂いでわかるって言うもの」

なぜ魚嫌いでもないのに、魚の匂いを嫌うのか。それは、魚の匂いがするような家庭はステータスを低く見られるからのようである。ほんとうにステータスなどというものは、理屈ではないもので決まる要素があるし、外国の上流家庭で、家の中に魚の匂いのする家など見たこともないような気がする。

日本の食べ物にはすさまじい臭気を伴うものが多いということは、身に滲みて感じる。私も夫も、味噌、醬油、すべて大切なのだが、たまに外国に住む知人のためにそれを持って行くと、全く腐った死体を持たされているようだ、と感じることがある。ことに味噌はいけない。コイン・ロッカーに何重にもビニールに包み、ホテルのワードローブの中にしまっておいても、外から帰って来るとぷんと匂う時があって、もうこの頃では生の味噌は持って歩かないようにしている。

たくあん、納豆、味噌汁、切り干し大根、とにかく日本の食べ物の匂いはひどい。これらは皆日本の誇るべき醗酵の科学を利用したもので、体にいい食物なのだろうが、その臭さはひどい。すき焼でさえ、その臭気は翌日まで部屋にしみついている。

うちでは始終、ぶりのあらと大根の煮たもの、とか、身欠き鰊と昆布の煮たもの、とか田舎料理を作っている。台所で一応換気扇は廻しているのだが、たてつけの悪い古い家なので、その匂いは玄関まで漂ってくる。

日本人同士だったら「あら、このうちは夕飯にぶりと大根だわ。けっこうがっちり倹約して暮らしているのね」で済む。しかしこういう料理に馴れない人だったら、私の家の玄関を入るなり、異様な臭気に辟易(へきえき)するかもしれない。だから、妻がうっかりすると、刺身だけでは済まなくなり、鯖(さば)の味噌煮やら、石狩鍋やら、ほややら、くさやの干物やらを食べたいと言うようになり、そうなるともう収拾がつかなくなるから、彼女の夫は早めにすべてを禁じたのかもしれないのである。全く国際結婚は疲れるものだ、と思う(余計なお世話とはこのことだが）。

女はどうあったらしあわせか、ということも私にはよくわからない。オイル・ショックを機に、私はアラブ諸国を初めて歴訪する機会を与えられたが、そのイスラム文化入門もまさに衝撃的であった。

サウジアラビアなど、イスラムの戒律の厳しいところでは、娘たちは女になると、もう厳格に異性から隔離される。学校へ行くにも、必ず兄弟などが、校門の前まで送り迎えする。結婚式の披露でも、男女別々。その後は、毎日の食料の買い出しも、男たちの仕事だから、女は家族以外の男に接する機会がない。田舎では水汲みが普通女たちに外へ出る口実を与えるが、それとても、私が見る限り、一人ということは珍しく、必ず数人が連れ立って歩いている。

スークと呼ばれる市場に行くと洋服生地屋、靴屋、金細工屋などに、私たちと同じように買物好きの女たちがたむろしているのをよく見かける。しかしその場合でも、保護者の男は必ずついている。一人の男が複数の妻を連れてきている場合もある。妻の下着や服などは普通は夫が買ってくる。ブラジャーのサイズまで夫は知っているのだそうである。

自分の住所を知らない日本人妻

私はリビアで、リビア人と結婚した日本女性に会ったことがある。夫が日本に勉強に来た時に知り合って結婚したが、彼女はアラブとはいかなるものか、ほとんど知らないでリビアへやって来た。夫は優秀な人で、リビアへ帰ってからは、日本企業で働いていた。

話は少し脇へ逸(そ)れるが、リビアに入国した時はおもしろい体験をした。まずリビアの飛行機は女性を先に乗せるのである。レディ・ファーストとも少し違う。客の男たちの大切な「持ち物」である女は客席の前方に集め、トイレに立つ男の客が、その顔を見る機会がないようにするためである。

さてこの国は、カダフィーという猛烈な方が国家の代表だった。この方は国内から一切のアルファベットを追放なさった。道の標記も公文書も広告も、当時は一切アラビア語だけであった。私が乗った飛行機の中では、まもなく一種のざわめきが起こった。配られてきた入国カードはすべてアラビア文字ばかりで、何の意味かわからない。記入もすべてアラビア語でしろ、という要求である。

皆はあちこちで首を傾(かし)げて、誰かアラビア語のできる人に書いてもらおうとしている。一種の助け合い運動がそこここで展開されていた。しかし私はいい加減な人間だから、そういう努力を一切しなかった。自分でこうだろうと思う欄に、勝手に、いつも書かされるようなことをいい加減に記入しておいたのである。

パスポート・ナンバーの項に「日本人」、発行日のところに「東京」、父の名のところに「一九三一年九月十七日生まれ」などと書いたに違いない。

首都のトリポリらしい所（というのは、一切のアルファベットによる標記がないのだから、ここがどこの空港かは、ほんとうは確認できていないのである）に降りて入国する時、管理人はまず入国カードを見、それから私の顔をじろりと眺めたが、私は何も気がつかないふりをしていた。そこで結局彼が全部書類を書き直すことになった。こういう愚かしい規則の被害は、その国が受ければいいのである。

さてリビア人と結婚した日本女性だが、彼女の夫の勤めている会社の肝煎で、私は会えることになった。私がもし男だったら、こういう望みは決して叶えられなかっただろう。

彼女の家は、郊外の村のようなところであった。黄粉色の砂漠のような土地に、白いこざっぱりした家が建っている。アラブの人たちは、幾何学模様を透かしにしたブロックが好きで、それを積んだ屋上のような空間がどの家にもある。そこは物置にもなり、暑い夜には男たちの寝室にもなる。

私はひどい近眼で、何も見えなかったのだが、その時同行していた私の女友達によると、その透かしブロックの間から、いくつもの眼が好奇心に溢れて私たちを覗いていた、と言うのである。つまり外出が自由にできない女たちは、いつも透かしの蔭から、村の道に見えるあらゆるものを見ているらしいのである。

この奥さんも、夫の付き添いなしには、どこへも出ることを許されていなかった。一般のリビアの婦人たちは白い布を被り、それを口で銜(くわ)えて半ば顔を隠している。彼女にしたところで、ちょっとパンとかコカ・コーラとかを欲しい時でも、買物は親戚の男の子がしてくれる、ということになっているから、村の雑貨屋までででも気晴らしに出かけるということはできない。

「一度泳ぎに行って、普通に水着を着て海に入ったら、ひどく変な眼で見られました。ここの女の人たちは、海へ入る時は、婦人専用の海岸で、しかも服を着たまま海へ入るんです」

私たちは帰りに、その人に住所を訊いた。すると彼女は困惑したように、

「私、ここの住所は知らないんです。字が読めないもんですから。××塔の傍まで来たら道がわかりますけど、住所はわからないんです」

と答えたのである。

私のように閉所恐怖症があったら、いかに夫を愛していても、とうていこういうところで閉じ込められるような生活を続けることはできないであろう。それとも、そうやって、過度に庇護される生活に馴れてくると、日本のように、女であろうと一人で何もかも独立してやりなさい、などという生活はとうてい怖くてできなくなるのかもしれない。

お金でやりとりするアラブの結婚

アメリカの夫婦も財布の紐を握っているのは夫だと聞いて、驚いたことがある。私は素朴に、アメリカ人こそ、妻の権利が強いのだとばかり思い込んでいたのである。

アラブはその点、女権などないように見えるが、アラブの婦人と結婚した日本の男性の話から、突如として聖書の或る個所を理解したような思いになったことがある。

まだ陥落前のベイルートへ、私は一人の日本人と取材に行ったことがある。彼の夫人がアラブ人であった。仕事が終わった時、彼は、

「僕、女房に土産を買っていかなきゃなりませんかね」

と呟(つぶや)いた。

「お土産くらい買っていってあげたらいいじゃありませんか。気は心でしょう。ちょっとしたものだって女房は嬉しいものよ」

当時のベイルートは中東のパリと言われて、あらゆる洒落(しゃれ)たものが町に溢れていた時代だった。ところがその人は浮かない顔つきだった。ちょっとした土産でいい、と言うけれど、アラブ人に対してはそういう日本的発想は通用しないのだ、と言う。

アラブ社会では娘が結婚する時、その父親は婿と結婚金と離婚金の金額を交渉し契約する。アラブ社会では、離婚は夫の意志で決められるが、一方で離婚される女の側も、こういう形で経済的には保護されているのである。

日本人から見ると、娘を金で売るようでいやなことだと言うが、もし婿にほんとうの愛情があるなら、その心を金で表すのは当然だ、と彼らは考えるのである。

アラブ人の夫でもし妻に一万円の土産を買ってくる人がいたとしたら、彼は、妻に千円の土産しか買ってこない他の夫の十倍妻を愛していることになるのだと言う。

「だから簡単に、気は心だ、なんてことにはならないんですよ」

「そうですか。それは大変ですね」

ほんとうにその瞬間であった。私は聖書の中で、イエスがもしかすると好きだったのではないかと思われるベタニアの姉妹、マルタとマリアの物語の、当時の生活に則した読み方を理解したのである。

聖書は次のようなエピソードを伝えている。

「過越祭(すぎこしさい)の六日前に、イエスはベタニアに行かれた。そこには、イエスが死者の中からよみがえらせたラザロがいた。イエスのためにそこで夕食が用意され、マルタは給仕をしていた。ラザロは、イエスと共に食事の席に着いた人々の中にいた。そのとき、マリアが純粋で非常に高価なナルドの香油を一リトラ持って来て、イエスの足に塗り、自分の髪でその足をぬぐった。家は香油の香りでいっぱいになった。弟子の一人で、後にイエスを裏切るイスカリオテのユダが言った。『なぜ、この香油を三百デナリオンで売って、貧しい人々に施さなかったのか』彼がこう言ったのは、貧しい人々のことを心にかけていたからではない。彼は盗人であって、金入れを預かっていながら、その中身をごまかしていたからである。イエスは言われた。『この人のするままにさせておきなさい。わたしの葬りの日のために、それを取って置いたのだから。貧しい人々はいつもあなたがたと一緒にいるが、わたしはいつも一緒にいるわけではない』」

(「ヨハネによる福音書」12・1〜8)

当時、男の労働者の一日の日給が一デナリオンであった。だから三百デナリという金は、一家のほぼ一年分の収入に相当したのである。それほどの大金を、この娘は、尊敬していた先生イエスのために惜しげもなく捧げたのである。

今でもアラブの家庭に行くと歓迎の香水を注がれることがある。私の訪れた家は遺跡の発掘の作業をする労働者の家で、家の中には、私たちの考える工業生産品と言ったら、バケツとかスコップとか、ほんの数点しかないという家だった。それでもその家の娘は、私に取って置きの香水を振りかけてくれたのである。

この聖書に出てくるベタニアの娘は、イエスを愛していた。その愛を示すためには、彼女は高価な香油を買う必要があったのである。愛が大きければ、香油は高価なものでなければならなかった。それが、セム的な表現というものであった。だからその分だけ金を節約して貧しい人に施せばいい、などという論理が出た時、イエスはそれをたしなめたのである。

心を金で測るなんて……と言うことはたやすい。しかし金で表す心というものも、素朴な真実を含んでいる。そのような発見をすることさえ、日本にいてはなかなかむずかしいのである。

第5章

勝者もなく敗者もなく

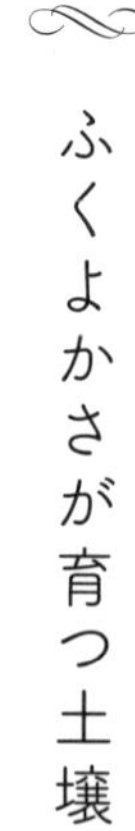

ふくよかさが育つ土壌

夏の初めの日曜日の午後はやばやと、三浦半島にあるウィーク・エンド・ハウスから東京へ戻ろうとすると、「街道」にはびっちりと車の姿が並んでいる。小さな三浦半島全体が、車で溢れていて、右廻りをしても、左廻りをしても、とにかく車が輪になって連なっているから、全く動きがとれないのである。私のようなヒマ人は、日曜・祝日・連休などは人の邪魔になるから、できるだけ家にひきこもっているようにしてはいるのだが、たまに休日にかかると、このありさまである。

まだ日本に自家用車などというものが珍しかった頃、アメリカは既に車で溢れていて、「フリーウエイ」と呼ばれるハイウエイは車がのろのろしか動かない。だからあれは「フリー・パーキング・ウエイ」つまり、無料の駐車場なのだ、と言った人がいたが、日本もまさにそういう時代になっている。

そういう時、しかし一掬の清水のような存在がある。それは、有料道路の料金所でお金を受け取る人たちの真摯な態度である。

横浜横須賀道路の出口では、体全体に弾みをつけてお金を受け取っている男の人がいた。もう若いとは言えない、二度目の勤めという感じの人である。しかしこういう反射神経の律儀な使い方を惜しんでいない人なら、若い人よりはるかにましであろう、と思わせる身のこなしである。

もう一人は第三京浜道路の出口にいた中年の婦人だった。私が一台手前から、五百円玉を見えるようにして指先で摘んで見せていたせいもあって、私の番になった時には既に受取とお釣りを一緒に用意してあった。わずか四、五秒の間にである。

こういうきびきびした働き方を見ていると、私はつくづく日本に住むことが嬉しくなる。私は功利的な人間なので、自分が住む場所としての日本が、さまざまな面で整備された状態にないと困るのである。だからこういう性能のいい人を見ると、日本の未来も、まだしばらくは大丈夫に違いない、と安堵する。

外国のどこと比べるのだ、と言われると困るのだが、日本以外の国で、道が混んでいる日には、できるだけ効率よく車を通そうとして、弾みをつけ、次の車、さらにその先の車、と眼を走らせて、一秒でも早く処理しようなどという人にお目にかかれるのは、ごく少数の国のような気がする。

そういう部署で働く人たちから見ると、別に頑張ったところで報酬がよくなるわけでもない。時間の単位当たりの賃金はどこでも決まっている。だから、さぼっていると言われない程度に、のんびりと無理なく、やればいい、と思うのだろう。

一九八七年、サンフランシスコの金門橋の向こう側に住む友人の車で、サンフランシスコ市内へ入ったことがある。

金門橋の料金所まで来ると、友人は開けられた車の窓ごしに、料金係のおじさんと親しげに話を始めた。友人はもう若くはないがなかなかの美人だから、同じように若くはない料金所のおじさんも、何となく悪くない気分でいつからともなく彼女の車をマークするようになったのだろう。

二人が冗談のように言い合っていたのは、何のことはない、車のマスコットには何の動物がいいか、ということなのである。二人はそのことでもう長いこと論争を続けているらしい。

「アザラシはかわいいのよ」

と友人は言う。彼女の車のハンドルの前には、本物のアザラシの毛皮で作ったアザラシのマスコットが置いてある。

「いや、サメがいいよ」

料金所のおじさんは言う。

「サメは姿がいい。きりっとして勇敢だ」

「でも残酷だわ。アザラシはとても平和よ」

「いや、サメだね。そのうちあんたにも、きっとサメのすばらしさがわかるよ」

「そのうちにね」

後ろの自動車がぶうぶうホーンを鳴らすということもない。これだけの会話が海風と微笑の中でのんびりと続けられている。この友人は「金門橋っていつも混んでいて困るの」などと言っているのだが、だからと言ってそこへ来るといらいらするわけでもない。日本人の効率性が、今日の経済大国日本を作ったのは間違いないことなのだが、一方で能率的な人間関係からは、人生を味わうチャンスがなくなる、というのもほんとうなのである。

サメがいいか、アザラシがいいか、はくだらないことなのだが、そういうとりとめない会話が、人間の心を複雑に温かくする、と考えると、非能率と片づけたいような行為にこそ、ふくよかさが育つ要素があることに気づかざるをえない。

いい話といい加減な話

日本人と韓国人と中国人を一つに括(くく)ると、他国の人々の計算が遅いのは一般的なことのようである。

　今でも覚えているのは、昔イタリアにまだリラという貨幣の単位があった頃、九百九十七リラのものを三個買った。総計で二千九百九十一リラになる、と言った。するとその女性店員は胡散くさげな顔をし、夫に黙っていろ、という表情をすると、紙を出してきて一生懸命計算を始めた。つまり九百九十七を三回書いて一つずつ足し始めたのである。

　九百九十七は千に三足りない数だから、三千から三の三倍の九を引けばいい、ということは決して高等算術ではない。むしろ、私には九百九十七を三度足す方がずっとむずかしい。ことにこの頃は頭が硬化しかかっているから、途中で間違えそうになる。私自身、計算が下手という点では人後に落ちないというか、日本人離れしている方で、外国で初めてその国の貨幣に換える時には、必ず十ドルか百ドル交換することにしている。そうでなければ、日本円との換算ができないのである。それでもなお同じくらい計算の下手な友達と手帳を拡げ、「百ドルだからまず零を二つつけて……」などと言いながら検算しているのだから、これで義務教育を終了したとも思えない。

イタリアの女性店員は計算に随分長いことかかったあげく、夫の言う通り二千九百九十一リラになったので少し不機嫌であった。しかし夫の方は上機嫌である。特に美人ではないけれど、その間、彼女を仔細に眺める閑があった。なかなかよろしい、と言う。早く計算されると、男が女を眺めたり、女が男を鑑賞したりする閑がないだろう、と言う。

この話をしたら、ブラジルに精しい人がいて、やはり彼の体験でも、或る物を十個買ったら、十回同じ数字を書いて、それを足していったと言う。こういう話を聞くと、ブラジルで商売をする方は大変だろうが、旅行者としてはブラジルの方がもっと楽しそうな気がする。

友人の日本人の夫婦は、フランスに住んでいる。賢い小学生の男の子が二人いて、フランスの学校の話をいろいろと聞かせてくれるのも、私たちには楽しみの一つである。或る夏、彼らは学校からキャンプに行った。次男の受け持ちはマドモワゼル・Xという女の先生で、隣のクラスの受け持ちはムッシュー・

Yという男性教師である。このマドモワゼル・Xはムッシュー・Yと「amoureuse（アモルーズ）」な関係にある、という。

「何、そのアモルーズってのは」

と私たちはからかった。

「そんなフランス語知らないから、よく説明してよ」

男の子はちょっと複雑な笑いを浮かべた。

「それはね、好き、ってことなんだよ」

「ああ、そうなの。だけど、どうしてそのマドモワゼルがそのムッシューを好きなことが皆にわかったの？」

「だってね。マドモワゼルは夜になったら、僕たちのテントにいなかったんだよ。そしてムッシューと二人でどこかへ行っちゃったの」

「それがアモルーズなの」

「うん」

子供ははにかんだように笑っている。

同じ事件が日本で起こったらどうだろう。母親たちは話を聞いて騒ぎたてる。夜、子供たちを置いて、二人でどこかへしけこむとは、何という破廉恥な教師でしょう。その間に何か事件が起こったらどうするつもりなのかしら。そういう無責任な教師に、うちの子供を預けておくわけにはいかないじゃないの、と柳眉を逆立てる。マスコミもここぞとばかり非を鳴らし、教育委員会も声明を出さねばならなくなる。

このムッシューにはマダムがいるかどうか私は知らない。しかし子供は、こういう出来事の中から、自然に男女の機微を学びとる。二人が独身で愛し合っているとしたらどうなのか。二人の愛が三角関係だったら、どういうことになるのか。

子供たちはテントの中で、いろいろと囁き交わしたであろう。しかしその、そこはかとない（つまり秘めた部分のある）男女の行動が、むしろ自然で健全な性教育というものである。

このサマー・キャンプの事件が全く自然に受け入れられた証拠には、この次男たちが、このマドモワゼルのクラスを終わることになった時、母親たちは集まって、マドモワゼルに何かプレゼントをすることになった。

何をあげたらいいか、考えあぐねた母親たちは、ムッシュー・Yになら、マドモワゼル・Xが何を好きかわかるだろうから、訊いてみようということになった。するとムッシュー・Yは「マドモワゼル・Xはシャネルのスーツが好きです」と答えた。

母親たちはそれで少し感情を害した。

「そんな高いものは、ムッシュー・Yが買ってあげたらいいわ。私たちはもっと安いプレゼントをします」

ということになったのである。しかし、二人はそれ以上道徳的に裁かれることはなかった。フランスでは他にもいい話・いい加減な話を聞く。いい話といい加減な話は不即不離で、どちらとも判断しにくいことが多い。

こんな抜け道もあった

これも外国の話だが、或る日本人の家に始終、郵便物が間違って配達されるようになった。

「ほんとうにしようがない。うちはちゃんとそう言って返してやってるからいいようなもんだけど、そのまま捨てちまううちだったらどうなるんだ。ここの国の郵便配達は字が読めないのを使ってるのかね」

とその家の主人はワル口を言った。そして親しくしている前の家のお婆さんに、そのことを話した。するとお婆さんは、

「そうじゃないわよ。多分、郵便屋さんが、あんたの奥さんに気があるのよ。間違って配達しておけば、次の時、文句を言われるでしょう。そうすればその時、彼女と話ができるじゃないの」

と言ったというのである。

国連の難民問題の取材のため、ヨルダンとイスラエルを訪れた時も、楽しい体験をした。私が通訳に連れて行ったレバノン人の女性は、日本人と結婚して、もう十年以上も日本で暮らしていた。彼女は、日本で生まれてアラブのことを少しも知らない自分の子供たちのために、ヨルダンでアラブ料理の材料を買い込んだのである。

しかし規則では、ヨルダンからイスラエルへはそのようなものは一切持ち出せないことがわかった。泣き出しそうな彼女の顔を見ると、私もつい気の毒になってきた。それで、私はそのような規則は一切知らないということにし、材料はすべて私が日本の料理研究家から頼まれたものだ、ということにしようと提案した。

ヨルダンとイスラエルとの間には当時は国交がなかった。しかし現実にはアレンビー橋という所からイスラエルに通じる道がちゃんと開いているのである。イスラエル側はそういう時、パスポートに一切イスラエルに入ったという表記をしない。ただ一片の紙切れをホチキスで留める。それを取ってしまいさえすれば、私たちのパスポートには、イスラエルへ入ったという痕跡は全く残らないのである。

国境では、果たしてその食料品は検査の対象になった。しかし私がそれは日本のアラブ料理研究家からの依頼の品だと言うと、イスラエルの兵隊は思いの外あっさりと通してくれた。

しかしその後がいけなかった。顔だちから見ても、一見してアラブ人である彼女が、荷物の中に私も知らない子供たちへのお菓子を隠し持っていたのである。

私は少し呆れて成り行きを見守っていた。すると彼女はハンドバッグの中から子供たちの写真を出して、何かしきりに頼んでいる。すると不思議なことにこのお菓子も通ってしまった。

「あなた、あの兵隊さんに何て言ったの？」

と私は尋ねた。

「子供たちは日本で生まれて、まだ昔、私のおばあちゃんが作ってくれたようなお菓子の味を知らないから、何とかしてこれだけは食べさせたい、って言ったのよ。そしたら写真見て『可愛い子だね』って言って通してくれはった。私、イスラエルの兵隊さん、美男やし、優しいし、すっきやわあ」

と嬉しさのあまり関西弁になっている。アラブとイスラエルの友好はこういう形でできないのか、と私は無責任に考えていたが、彼女によると「子供の写真を見たら弱いのは、こっちの人たちの特徴」だと言う。

日本の警察、税関、郵便、電話、さまざまな交通手段、などが、厳正・正確・安全・正直であることは、何よりすばらしいことだ、と思う。私たちが安心して暮らすためにも、これらの機関の機能がきっちりと規則に則って働くことは必須条件である。

しかしそのことが、日本人の性格をこちこちにしている面は大いにある。

いい話といい加減な話とが、同居している皮肉な現実を知りつつ、いい加減な話の中から、ほんとうにいい加減な部分といい話になり得る部分を選り分けて引き出し、いい話の中の危険性を見抜けるようになれたら、と私は思うのである。

道を訊かれたら

ものを訊かれた時にどの程度正確に答えるか、ということは、私のように旅行者としてしか外国に触れたことのない人間にとっては、その国を理解するおもしろいきっかけになることが多い。そういう場合、日本人は地図を出してきて、どこにあるか丸をつけてください、というような頼み方をする。

しかし地図上で、自分のいる場所や行く場所を確認するということは、我々が思っているほど単純な知的作業ではないようである。

相手が訊いた場所を知らない時、私たちは責任を感じるからこそ「済みません。私はこの辺をよく知らないもので……」という返事をする。しかし知らなくても決して知らないとは言わず、何が何でも教えてしまう人がいる国は結構多いのである。

私の英語は決してうまくはないのだが、それでも道を訊くくらいのことはできる。訊く相手はまず常識的にお巡りさんが多いが、インドの警官などは自信を持って間違った方向を教えるから、後が大変である。

トルコでは聖パウロに関係した場所の調査をしていたので、いつも人里離れた遺跡を探し出さねばならない。通りがかりの人に道を訊くと、

「ああそれは、この道を真っ直ぐに行って突き当たりを右へ曲がった所だ」

というようなことを言いながら、手の動きでは明確に左を示すのである。

「右か左か、どっちなんだと思う？」

その人に礼を言って車を出してから、半分諦めの境地で、私たちは予測を楽しむのである。

「言葉より手で示した方角だと思うわ」

と私は言った。私もどちらかと言うと原始的人間で、言語より体感覚の部分が強く残っているので、彼のジェスチャーの部分に信頼を置いたのである。そ

の時の結果は、体験派の私の言った通りだったが、それはつまり言葉は抽象的で感覚を素通りする、ということであろう。しかし動物的感覚の記憶は、どんな素朴な人々にも確実なのである。

　スエズ運河の下を初めて海底トンネルが通った年は、私たちの聖書の調査の第二回目に当たっていた。公的には、スエズ・トンネルはまだ営業を開始してはいなかった。しかしその地方に精しい仲間の日本人が、「もしかすると通れるかもしれないから、行ってみましょう」と言うので、シナイ半島からの帰路、私たちは一応バスをトンネルの入り口に廻したのである。

　トンネルに通じる道路は畑の中に完成していたが、まだバーが下ろされていて車は通れないようになっていた。

「やっぱり、まだだめね」

　私は言った。営業開始前に通れるかもしれない、と考える方が私には奇異に感じられていたのである。

「そうですね。でもちょっと訊いてみましょうか」

アラブ通の日本人の一人が言ったのは、畑のかなたにエジプト風の長着を着た男を見つけたからだった。

「トンネルへの道を通してもらいたいんだけどね」

彼はその男にアラビア語で言った。

「だめだよ。まだ通していいとは言われてないんだ」

「でも道はできてるんだから、あんたがいいと言えばいいんじゃないの？」

「だめだよ。今日は責任者がいないから」

それは奇妙な論理に思えたが、驚いたことにその長着の男は、

「責任者がいないんなら、別に訊いてみる必要はないじゃないか」

と考えなおしたのである。

「それもそうだな」

「じゃ頼むよ」

バーは上げられ、男は心付けをもらい、車は走りだし、私はそこで初めて、今話されたことの概要を通訳されたのだった。

日本人からみると何ともフレッシュな論理である。

しばらく走って、いよいよトンネルに入る直前という地点に着くと、私たちの前には既に数台の車がやはり営業を開始していないスエズ・トンネルを通してもらおうと待っていた。

私たちのすぐ前は、イギリスのナンバーをつけたトラックだった。と言ってもそれは物資の輸送用ではなく、荷台に妻子やプロパンガスや寝袋や水タンクなどを積み込んだイギリス人の一家であった。待つ時間がかなり長かったので、私の友人は車を下りて、そのトラックの持ち主であるイギリス人と喋っていた。今度は英語だから、自然に聞こえてくる言葉の意味が私にはわかった。

「どこへ行くんですか?」

と私の友人はイギリス人に訊いていた。

「スーダンまで行くんです」

「それはいいですね。あそこは実にいい所です。いい旅行をされるように」

「ありがとう」

途中を少し端折れば、こういう感じの会話であった。車の列がトンネルの方に動き始めて友人が車に戻ってきた時、私は尋ねた。

「あなたスーダンはいい所だっておっしゃってませんでした？」

「言いました」

「でもあなたは、ついこの間も『僕はどこへでも行きます。スーダン以外なら』っておっしゃってたでしょう」

「ええ」

彼は少しも動じなかった。

「僕があの人に、スーダンがいかに大変な所か、本当のことを言ったとしますね。すると、あの人はスーダンへ行くのをやめますか？　そんなことはないと思うんですね。イギリス人ってのは、一度決心したことはなかなかやめない人でしょう？」

「でしょうね」

「だとしたら、そこへ行くまでは夢を持たせてあげた方がいいんです。それがアフリカのやり方なんです」

「しつこさ」という美徳

私は今までに、何人も、自分の与えられた情報が正しくない、と言ってそれを怒る人に会ったことがある。「どこそこは今年暑いというから涼しい格好をして行ったら、寒くて着るものがなくてひどい目に遭った」というような言い方である。

恐らくその人に、どこそこは今年暑いという情報をもたらした人がその土地に行った時は、ほんとうに暑かったのだろうし、それをまた親切に教えてあげたのであろう。しかし地球上には、人の言うことは決してほんとうに信じてはいけない、という場所がまだたくさんある。その土地の人が嘘つきだと言うのではない。正確という概念が違い、私たちの望むような正確がその土地でも美徳かどうかがわからないのである。例えば、しつっこい、などということは、日本では悪いことになっている。しかし、しつこいことが悪いことだというふうにはあまり思われていない国もあるようである。

聖書の中に「求めよ、さらば与えられん」という言葉で有名な個所がある。それはこういう話に基づいている。

「あなたがたのうちのだれかに友達がいて、真夜中にその人のところに行き、次のように言ったとしよう。『友よ、パンを三つ貸してください。旅行中の友達がわたしのところに立ち寄ったが、何も出すものがないのです』すると、その人は家の中から答えるにちがいない。『面倒をかけないでください。もう戸は閉めたし、子供たちはわたしのそばで寝ています。起きてあなたに何かをあげるわけにはいきません』しかし、言っておく。その人は、友達だからということでは起きて何か与えるようなことはなくても、しつように頼めば、起きて来て必要なものは何でも与えるであろう。そこで、わたしは言っておく。求めなさい。そうすれば、与えられる。探しなさい。そうすれば、見つかる。

門をたたきなさい。そうすれば、開かれる。だれでも、求める者は受け、探す者は見つけ、門をたたく者には開かれる」（「ルカによる福音書」11・5〜10）

当時の庶民の家は大体一間であった。子沢山の家も多いから、夜になったら表の戸を閉め、それ以後はもう旅人の受け入れもご勘弁願って、ささやかなプライバシーを保つことを考えたのだろう。そこにこのような事件が起きたのである。

夜遅く、もう人が寝てからパンを借りに来るとは非常識な奴だ、と眠りを妨げられた方は少し機嫌が悪い。しかしパンを借りに来た方も必死である。親友が旅の途中に立ち寄ったというのに、パンもなしに空腹のまま寝かせるというわけにはいかない。それで彼は、近くに住むこの家からパンを借りようとしたのである。それはせっぱ詰まって助けを求めたことでもあった。

二人の男が攻防戦をやっているうちに、子供も妻も眼を覚ましてしまう。幼い子供はむずかり始め、少し大きい子供は「お父さん、どうしたの?」と訊くであろう。こうなったら、「子供が眼を覚ますから、帰ってくれ」もなくなるのである。

むしろそれより、早くパンを持たせて帰した方がいい、ということになる。つまり「しつこさ」が勝ちを占めたのである。

しつこさという言葉にはずいぶん大きな幅がある。ここに示されていることは、ただぼんやり希望するということではなく、叶えて欲しい希望に向かって全力を尽くせ、ということであろう。それが、必ずしも日本人の考えるような慎ましい努力になどならないで、自分の欲望を喚きたて、それが叶えられるまでは、喚くのをやめないという人たちもかなり多いことになる。

私の会った数少ない人の性格で決して全体を推し量るわけではないが、イラン人やユダヤ人の中には、少なくとも私を驚嘆させるほどの強引な要求をする人がいた。日本にも図々しい人というのはいるが、表現の方法において私の会った人たちは、桁外れの強さであった。彼らは、とにかく関わった人が辟易するまで、要求することをやめないのである。それは、善悪とは関係ない行動と見るべきであろう。それは長い歴史と風土が培った一つの性格的特徴にすぎない。

しかしこういう人たちの強さと弱さは、相手の立場を日本人ほどには考えない、というところにあるようである。

いつかテレビでおもしろい光景を見た。さる著名な評論家が出ている番組で、急にゲストのユダヤ人が出演しなくなった、というのである。その理由は、打ち合わせの時、当時ベイルートから引き上げることになったPLOがどこへ行くだろう、ということをその評論家が質問すると、相手のユダヤ人は「そんなことは俺が考えてやる必要はない」ということになり、それから感情がこじれて、もうそんな番組には出ない、ということになったのだ、という説明であった。

この番組に出なかったユダヤ人は、特に変わった人だったのかもしれない。しかし一般的に言うと、追い出される人は、行く先がなければ、なかなか出て行かないものだ。だから、常に物事の動きの先を自動的に読む習慣を持つ日本人の方が、長い眼で見ると人を制するのではないか、という気もするが、それは私の一方的な見方かもしれない。そういう日本人が、しつこさの効用を教養として、或いは人間の誠実の証（あかし）として、見直すようになればすばらしいのである。

そういう執拗さが普通のセムの文化の中では、反面、面子（メンツ）というものが大変大切にされている。人前で人を叱ることは、叱られた人の面子を丸つぶしにすることだから、もっとも下手なやり方ということになっている。だから、ことを解決する時は、「勝者もなく敗者もない」という状態にしなければならない、と言われている。そうでなければ、面子を失いそうになる人があくまで抵抗をやめないから抗争はいよいよ破壊的になるのである。アメリカはアラブとの戦いで必ず完全勝利を誇らしげにうたうから、後の関係が悪くなるのは見え透いている。

そのような競争の結末の在り方を思うと、原子爆弾を使って数十万人を殺すことで一方が決定的に優勢になるようにし、無条件降伏のみを要求したような、アメリカと日本との戦争の後で、両者が仲よくしようなどという試みは世界ではあまりないのかもしれない。

チャンギ刑務所の食事

日本人の中で外国へは行かないという人の理由を訊くと、治安が悪いからとか、飛行機が怖いからとか、さまざまな理由を述べるが、中でもっとも強力なものは食べ物のような気がする。私は生来、健康で鈍感なせいか何でも食べられるけれど、日本人には「断然和食」という人がけっこういて、その人たちは、一歩日本を出たが最後、食べられるものはほとんどなくなってしまう。

というのも、世界中、料理と名のつくものは、すべて油を加えて加熱することと、と言ってもよいくらいなのである。しかし日本料理の中には、全く油なし、というものがかなりあって、私はどうして日本人だけが、こういう料理法を考えだしたのか、理由がわからない。ただ、昨今のように世界的に油脂をたっぷりと摂取することとカロリーの摂りすぎは肥満を招くから、厳に戒めなければならない、という思考が一般的になると、日本人は早々と懸命な選択をしていたことになる。確かに外国へ出てみると、日本人には太った人が一人もいない、という感じになってくる。

一九八六年、東欧の諸国をアルバニアを除いて全部歩いた時も、太った人の多いのには驚いた。同行者に口の悪い人がいて、

「普通いくら太ってたって、その人の前を通る時は一歩で充分なもんですよね。それなのに、あの人の前を通り越すのに、僕は確実に一歩半かかったんですから」

という太り方である。

ハワイには、仕事で数日いたことがあるだけだが、ハワイの浜辺には、高見山のお母さん、小錦のお姉さんみたいな人がぞろぞろいる。ムウムウというウエストのない長い服は、そういう人たちの陽気な豊かさを闊達（かったつ）に包んでくれるすばらしい民族服である。アメリカでムウムウを買う時、私のサイズは十二か

十四だが、二十八などというサイズもあるから、もっともっと太ってもダイジョウブと思えて気分がいい。

食物は当然、その土地の産物であるのが基本だが、体質、好みといった漠然としたものとは別に、宗教的な制約によるものが大きいことを、日本人はまだ一般に知らない。それらの宗教的戒律は、日本人が考えるよりはるかに厳しい。

インド大反乱というのは、一八五七年に中部、北部インドで始まったイギリス東インド会社の支配に対する反乱であった。セポイというのは東インド会社が雇っていたインド人傭兵（ようへい）のことであった。イギリス人は当時彼らに新しいエンフィールド銃を持たせたが、弾を込める時に薬包を嚙（か）みきらなければならなかった。ところがその紙にはヒンドゥにとっては神聖な牛の脂（あぶら）、イスラムにとっては不浄な豚の脂が潤滑剤として塗ってあるという噂がたったことから、この反乱は起きたのである。

戒律くらい破ったって、そんなもの、人に見つからなければいいでしょう、とよく日本人は言うが、神は人間と違って人の心の中までお見通しなので、他人に見つからないかどうかなどはむしろ問題でない。

この辺が、日本人のどうしても信仰を持つ他国人を理解できないところである。日本人にとって信仰は分離できるが、多くの外国人にとっては「もしお前に信仰がなかったなら」という想定を口にする日本人を反対に理解できないだろう。

シンガポールのチャンギ刑務所を、作品を書くために見学した時のことである。シンガポールはマレー人、中国人、インド人からなる多民族国家だが、マレー人はイスラム、中国人は仏教徒かクリスチャン、インド人はヒンドゥである可能性が強い。イスラムは豚を食べず、ヒンドゥは聖なる牛を食べない。刑務所の中には当然あらゆる系統の囚人がいる。食事はそれぞれ戒律にふれないように四通り作られていた。

インド人向きには牛肉なし、マレー人向きには豚肉なし、中国人と一部の白人にはチャイニーズとユーロピアンと、どちらのメニューでも選べるようにしてある。夫の三浦朱門はちらと献立を見て「僕はチャイニーズがいいな」と軽薄な感想を洩らした。

ユダヤ人はコーシャと呼ばれる飲食に関する戒律を持っている。それは宗教的な規則による浄・不浄を基本にしたもので、彼らは鰭(ひれ)とうろこのある魚しか食べてはいけないのである。ということは、エビ・カニ・イカ・タコはもちろん、ドジョウも鰻(うなぎ)も貝類も食べてはいけない、ということになる。

彼らは豚も食べなかった。こうした食物を口にしなかったのは、何よりも、聖書の中で禁じられていたからである。当時の素朴な生活では、当然冷蔵庫などないのだから、これらの食物は腐敗しやすかった。それで禁じられたのだ、という説もあるし、イエスの時代のパレスチナはローマ人に占領されていたが、そのため、豚はもちろん、エビ・カニ・イカ・タコを常食したローマ人に対する反感から、そのような規則が守られていたと見る向きもある。コーシャは浄である食物を法に則(のっと)って調理したものを指すのである。世界的な航空会社は、あらかじめ通知されれば、客のユダヤ人のためにコーシャの料理を積むことになっている。

コーシャでは、例えば肉は、病死、または自然死した動物のものではないこと、内臓が完全であることが条件であり、動物に苦しみをできるだけ少なくすることも義務づけられている。また殺し方にも規則があって、誰でも殺していいわけではない。酒にもコーシャがあり、葡萄酒だけがコーシャとみなされるが、それもフランス製などではなく、ユダヤ人の作ったものでなければならない。

その上、肉からは徹底して血を抜く。だから、血のしたたるビフテキなど、イスラエルではお目にかかることができない。ユダヤ料理はまずいと言われるのも、そのような理由があるからである。しかしついでに例外も述べておかなければ、イスラエルの人に気の毒である。イスラエルのホテルで出されるイスラエル風朝食は世界一おいしい。たくさんのヨーグルト類、新鮮な生野菜、卵、果物、果汁、何種類もの魚の塩漬け、パンなどが自由に選べて、健康食の理想のようなものである。それは、離散のユダヤ人がヨーロッパ各地から、その土地の朝食の豊かさを持ち帰ったからである。ことにドイツやオランダなどの影響が強いのではないか、と思われる。だから、思想とは関係なく、もっぱら味で食事を選びたがる三浦朱門など、「ボクは朝は断然ユダヤ、昼と夜はアラブがいい」などとめちゃくちゃなことを言うようになる。

六百十三のしてはいけないこと

私は昔、有名なユダヤ教のラビ（先生）であるトケイヤー師の講義を聞きに行ったことがある。講義が終わって質問の時間になると、一人の日本人の学生が、「どうしてユダヤ人たちは、ノーベル賞をあんなにたくさん取るほど頭がいいのに、そのようなつまらない食物に関する禁忌を守っているんですか？」と質問した。

ユダヤ人の人口は全世界の一パーセント以下なのに、ノーベル賞の二、三十パーセントはユダヤ人が占めているのだという。よく言われることなのだが、二十世紀を代表する三人の偉大な人物――フロイト、マルクス、アインシュタイン――はいずれもユダヤ系なのである。

この学生の質問に対して、ラビ・トケイヤーは「我々は常に、予測もつかない未来の手前にいる。今私たちは現代の文明をすべて理解したつもりでいるが、一般の人々は二百年前には、飛行機もテレビも原子力も考えることさえできなかった。だから、私たちは、常に自分たちがわからないことに、謙虚でなければならない。だからわからないことがあっても、神がそう言われたことは、一応守っておくのだ」という答えだった。

話は少し脇へそれるが、この時のラビ・トケイヤーの話の中には、非常に印象的なものが幾つも残っている。

「ユダヤ教には六百十三のしてはいけないことがあるが、ユダヤ人は徹底して子供に『NO』の教育をする。つまりしてはならないことを教え続けるのだ。しかし何をするかは教えない。すると子供が何をしたらいいか、自分で考えるようになる。

そのようなユダヤ的なものと比べると、日本人は子供にあまりにも『あれをしなさい、これをしなさい』と言い過ぎる。だから、子供は自分でものを考えないようになる」

この話は常に新鮮である。日本の親や学校は果たしてユダヤ人のように人間の出発点は「殺してはいけない」「盗んではいけない」ことだ、と教えているだろうか。

万引きがゲームと思われ、理由は何であれ、友達や先生や親を殺す子供がいるのである。彼らは盗むこと、殺すことは、自分に対する最大の屈辱なのだ、ということをはっきり知らされていなかったのかもしれない。

しかしここで再び質問が出た。

「そうはおっしゃいますが、ユダヤ人は昔も今も殺しているではないですか。それはどうして許されるのですか」

するとラビ・トケイヤーは少しも慌てず、「英語の〝キル〟殺す、と〝マーダー〟殺戮（さつりく）する、は違う。私たちは自分や自分の家族を守る、というような理由のある場合は〝キル〟できる。しかし〝マーダー〟はいけない」と答えたのである。

イスラエル国内のパレスチナ問題などを考える時、ユダヤ人はおおむねこの論理で行動しているのだろう。しかし今から二千年前、ユダヤ教徒であったキリストは、理由なく殺されることに対しても報復をやめた。自分が殺される以外に人間の憎悪を断つ方法がない、ということがわかったのである。そこでユダヤ教とキリストに従う者たちは決定的に分裂することになった。

ユダヤ人は、人間は動物とは違う、と教えるそうだ。だから動物と違うことをせよ。動物は帽子をかぶらない。動物は洗っては食べない。動物は……と考えていくと、人間ならしなければならないこと、人間ならすべきでないことが自然にわかるという論理である。宗教人が、その教理通り身を処さない場合、外部の人はよくその虚偽性をあげつらうのだが、私がカトリックの学校に育ってよかったと思うことの一つは、人間の部分でその宗教を批判してはいけない、ということを教えられたことである。人間の部分の悪い点を批判することはいい。しかし、だからその宗教はだめなのだ、という言い方はしてはいけない。日本では、宗教は近代化を妨げている場合が多い、という言い方をする。安息日に関する規定は、数世紀にわたって延々と討議され守られてきた。そして本質は今でも変わっていない。

厳格なユダヤ教徒は安息日になると、今でも商売、旅行、労働などはしない。自動車も運転しない。遠くまで歩くこともしない。地元航空会社は一機も飛ばさない。だから、すべての機能は一時ストップという状態になる。

金曜の日没から始まり土曜日の日没まで続く安息日は、文字通り休むための日である。安息日は「花嫁」と呼ばれ、「神とイスラエルの人々との間の永遠の印」(『ダビデの星　ユダヤ教』長谷川真著・淡交社)なのである。ラビ・トケイヤーは「その日ユダヤ人たちは時を違ったように使う」という言い方をした。

私の知人の或る日本人はイスラエルへ留学して間もなく、下宿で夜トイレットに起きた時、何気なく明かりを消した。そしてうんと怒られた。それは安息日だったので、ユダヤ人たちは、明かりをつけることを禁じられていたから暗い廊下の電燈はつけっぱなしにするのが常識なのである。冷蔵庫の中の豆電球も緩めてつかないようにしておく。もし冷蔵庫の戸を開ける度に庫内の照明がつくということになると、通電して灯をともすという労働動作をしてしまうとみなされるからである。

また、エルサレムの町などで気がつくのだが、高台の町の周辺を巡っている電線に、薄汚いビニールの切れ端が引っかかっている。風でたまたま舞い上がったビニールが電線にからまったように見えるが、これは意図的につけたものなのである。それは安息日には二千歩以上歩いてはいけないという規定が不自由なので、行動の半径を広げるため、エルサレムの町を一つの家と見做(な)すようにつけられた印なのである。

盲目になる日を望んだ修道士

イスラム社会では、イスラム教徒であるアラブ人と共に働く日本人にとっても、幾つかの困惑の種がある。例えばその一つは夜明け前、正午、午後、日没後、夜と日に五度行われる礼拝の義務である。仕事の途中にこれをやられると「たまらない」ので、決めた休み時間にやるように採用の時に申し渡している会社もある。

彼らの断食の習慣も日本人には馴染めないらしい。断食はラマダーン（イスラム暦の九月）に行われるが、その月の間中、日の出から日の入りまでは一切の飲食ができない。ラマダーンがたまたま真夏の暑い時にぶつかっていても、子供、病人、虚弱者、妊娠・授乳中の婦人、旅行者、戦場の兵士以外は、この規定を守らねばならない。

だから彼らは日が暮れるのを待ち兼ねて食べ、夜遅くも食べている。そして、二時とか三時とかの夜明け前にまた腹いっぱい食べて飲んでおくので、寝る閑がない。昼間は暑いのに水も飲めないのだから、仕事の能力は落ち、いらいらして喧嘩が多くなる。そこで食べ物の禁忌もなく、日曜日の安息日の規則もあまり厳しくないキリスト教徒を人々は使いたがる。

「宗教による近代化の遅れ」がないとは言わないが、私自身はキリスト教（カトリック）の社会に育ったので、信仰を持つ人の強さをむしろ至るところで見て育った。それは別にキリスト教だけでなく、イスラム教にもユダヤ教にもヒンドゥ教にも感じることである。

私が幼稚園の時、初めてカトリックの修道院というものを見たことは既に書いた。そこにおられた修道女の方々の生き方そのものが、私にはまず驚きであった。私はそれまで、人間というものは、できるだけ安逸と豊かさを求めて暮らすものだと、思い込んでいたのである。

しかしこの方たちは違った。自分の生まれた国を出る時、彼女たちにとっては、それがこの世の見納めであった。もう生きて再び祖国を見ることはなかった。そのような運命を彼女たちは自ら選んだのである。それは、自分の全存在を捧げて、神の喜ばれる生活をし、苦しみの多いうたかたの現世ではなく、死後に永遠の幸福を得るためであった。こういう考えは迷信だということは簡単である。しかしそれは彼女たちにとっての真実なのである。そして「なんでそんな生き方をするのかわからない」という無神論者たちの気持ちも充分に理解しつつ、私はやはり彼女たちの生き方の中に、ある種の凄まじいみごとさを感じずにはいられなかったのである。

　後年、私はアリストテレスの『エウデモス倫理学』の中に「ものごとを軽く見ることができるという点が高邁な人の特徴であるように思われる」というすばらしい言葉があるのを知った。修道女たちの一生は自分の生涯を軽く見るという姿勢で貫かれていたのである。

　私自身は洗礼を受けても、決して修道女たちのようにはならなかった。権威主義者ではないと思うが、俗物で、物質主義者で、安逸が大好きであることをやめようと思ったことはなかった。しかしカトリックの一員であったおかげで、私は身近に、常識的な現世ではあまり聞いたことがないような人生を見ることができた。

私は四十代の終わりに、強度近視の両眼が中心性網膜炎になり、白内障が急に悪化して、視力を失いそうになった時期があった。遺伝性の強度近視という眼は、普通なら、割と簡単に治る筈の白内障の手術の予後もあまり楽観できなかったのである。

しかし私は幸運であった。いや、私はたくさんの人に祈られたおかげだったと思う……私の手術は大成功に終わり、私はかつてないほどの視力を与えられるようになった。

その直後のことである。私は知人の神父を訪ねて行き、そこで一人の盲目の修道士に出会った。私は昔も今も、視力の障害に関しては平静に受け止められなかった。全盲ではないが、読み書きが不可能になった時、私は残りの生涯を地下に生きながら埋められるように感じた。そうなったら私は死を待ちこがれるだろう、と思った。なぜなら、死んだとたんに私は多分見えるようになるからであった。

しかし私の目の前にいた修道士は、静かで穏和な表情であった。私が恐れていた生涯を、現に目の前で生きている人に出会うと、私の心は震えた。自分だけがいい思いをしていて、苦しみは他人に押しつけているような疚しさであった。しかしその修道士のエピソードは、さらに私の心にささるようであった。

「曽野さん、あの人は、もうずっと前から、いつか自分の眼が見えなくなるということを知っていたんですよ。そしてその日の来ることを待ち焦がれていた、と言うんです。そうすれば、その時こそ、イエスの十字架の苦しみに自分も与かることができるから、と話していたんです」

知人の神父は語った。

この修道士の言葉は、日本語としてはすべての単語の意味がわかるものである。しかし私は、そういうものの考え方、そういう日本語の表現がこの世にあることなど、考えられなかった。現世で受ける喜びも苦悩もすべてそれは神が自分に与えてくれた恵みだと思うという思想……それこそこの世で何がびっくりすると言って、これほど驚かされることはないように思われたのであった。

この修道士に会ったことは不思議な置き土産を残した。私は自分の眼が明(あ)いたお礼に、視覚障害者を中心として、イスラエルやイタリアの聖地を廻る巡礼に出ることにしたのである。私はへたなアナウンサーよろしく、その場その場で眼に見えるものの実況中継をする。この旅行は二十三年間続いた。

つまり私は、信仰によって立派になっている人にたくさん出会ったのである。それらの人々のことを語っていると、いつになったら終わるかわからないくらいである。

片方の継ぎはぎだらけの靴をください

私はまた一九七二年頃、偶然のきっかけから、韓国の安養市にある聖ラザロ村というハンセン病患者さんの村の援助をすることになった。聖ラザロ村の村長・李庚宰神父は或る日私の所へ来て、建物を建てるお金を欲しいのだが、「こういいことは一人の人がたくさんのお金を出すというような一人占めをさせないで、多くの人にこのチャンスを分けてあげてください」と言ったのである。つまりお金というものは、そういう場合、出した人が、「出させて頂いてありがとう」と言うのが自然なのだ、ということを私は教えられたのであった。

聖ラザロ村には時々行った。するとその度に李庚宰神父から、すばらしい話を聞けるのであった。

今でも覚えているのは、そこで会った患者さんの二人の娘たちであった。二人はまだ小学校に上がるかどうかという年であった。聞くと近くアメリカ人の養女として引き取られることになっているということであった。

その女性は公衆衛生局かなにかで立派に仕事をしている人だった。

「まさか親たちのことを隠して、養子におあげになるんじゃないでしょうね」

今にして思うとほんとうに恥ずかしいようなことを私は口にしたのである。

しかし神父は少しも私に非難がましいことは言わなかった。

「いいえ、あちらは全部知ってますよ。両親にずっと育てられてきたから、幼時に繰り返し繰り返し接触して菌を受けてきたわけでしょう。だからもしかすると発病するかもしれないことも知ってます。けれど、半年に一度ずつ、皮膚科の診察を受けさせて、もし発病したらすぐ手当てをするから何でもありません、と言ってますよ」

　ほんとうにハンセン病はもうそんな程度の簡単に治りやすい病気にはなっているのだった。

「彼女は姉妹を養子にしても、始終ほんとうのお父さんとお母さんに手紙を書かせるし、そしてもし両親がどうしても二人を呼び戻したいと言ったら、いつでも返します、と言っています」

　私は神父の言葉を聞きながら、その時、胸に込み上げてくる感動を留めようがなかった。アメリカには、と言うべきか、世の中にはというべきか、私がその前に立った時、頭を上げられないようなみごとな人というものがいるのである。

もう一人も、私が会ったことのない人である。それは日本に来た或るイエズス会の神父の母であった。スペイン人である。神父がまだ幼かった一九三六年に、スペインの内乱が起こった。そして神父たち兄弟の父は殺された。後にはまだ若い母と、数人の子供たちが残された。

「あなたたちはお父さまを殺した人を許すことを生涯の仕事にしなければなりません」

とその母は言った。それは子供たちに言っているようでいて、実は恐らく自分に言い聞かせていた言葉だったのだろう。それは「クリスチャンなら人を許し易いでしょう」などと無責任に人が言うほどたやすいことではなかった。恐らくその若い母は苦しみ、ほんとうに一生かかってその運命を受諾したのである。そのことを知っていたから、息子は神父になったのである。

しかしそれは美しい生涯であった。誰かに表彰されたというのでもない。ただ一人の人として、勇気にも、慎ましさにも、愛にも溢れていたみごとな生涯であった。私はその人の存在にも深く打たれた。

私は自分が短い文章にもいちいちサインする作家になったことを、信仰の面では恥じていた。「右手のしていることは左手に知らせるな」という聖書の命ずる隠れた美学と、それはあまりにも正反対のあからさまな行為だったからである。もちろん、作家が署名するのは、別にいいことを書いているからではない。文章に責任を取るために私たちはサインするだけである。しかしそのように隠れたところで、何一つ間違わなかった生涯をしかも苦しみのうちにみごとに送った人のことを考えると、私は自分の生活がどれほど安易で表面的であるかを、深く恥じずにはいられなかった。

修道院という所そのものも、私たちには驚異である。今の修道院の多くは、昔よりはずっと開かれていて、一生涯、故郷にも帰らず、親の死に目にも会わず、ということもなくなっている。しかし多くの人が、自分の欲望を神に捧げて、そこにあるのは、凡そ私たちが身近に見ているのとは違った価値観によって支えられた生涯であった。

私と共著の形で『別れの日まで』という往復書簡を書いてくださった尻枝正行神父は教皇庁諸宗教対話評議会次長というヴァチカンの中で唯一の日本人のお役人だったが、その尻枝神父から私は神父の属されるサレジオ会の一人の修道士の話をよく聞いたものである。

その人は靴屋であった。俗世にいた時の技術をそのまま修道院の中でも生かしている人もあれば、中でそういう技術を覚えた人もいる。

その靴屋さんは尻枝神父の靴を直し続けた。神父が密かに、もう今度は、直すのは無理だから、新しい靴を買いなさい、と言うに違いないと期待しても、まだその靴を直し続けた。そのうち、尻枝神父の靴は、元の部分と継いだ部分とどちらが多いかわからないほどになった。

この消費経済の時代であろうと、その修道士の態度が変わることはなかった。靴はその存在が少しでも残っている限り使ってやらねばならない。それは、人が一人一人才能において違うことはあっても、その人のもっとも得意とする点で、生かし切らねばならない、というのと同じことであった。

「神父さま、ついにその靴を使わなくおなりになった時、私に記念に片方ください」

と私は尻枝神父に言ったことがある。その修道士も近年亡くなった。しかし靴がまだ来ないところをみると、神父はその靴を履き続けていたのである。

祭壇で毒をあおいだ神父

神父は人と神の仲立ちをすることになっている。カトリックでは神父に罪の告白をするが、その内容は、たとえいかなることがあっても、他人に洩らしてはならない、ということになっている。人殺しをした男が、官憲に追われて教会に逃げ込み、捕まる前に神父に自分の犯行を告白する。その直ぐ後で官憲の手が伸びて「今、あの男は神父さんにどんなことを言いました？」と訊かれた場合、神父はたとえ殺されようとも、告白の内容を知らせてはならないのである。そういう神父の義務を逆手にとった犯罪があった。もちろん私は話を聞いただけである。

神父たちが祭服に着替えたり、ミサに使う聖体と呼ばれるパンや葡萄酒の用意をしたりする部屋を一般に「香部屋」と呼んでいる。香部屋の係は俗人の信者がすることもあるのだが、或る時、一人の男が、その係をしながら「神父さん、あなたが今日使うミサの葡萄酒の中に、毒薬を入れときました」と言った。

その男は神父の親戚の誰かに怨みを抱いていたので、神父に復讐してやろうと思ったのである。彼が図った計画は全く陰険なものであった。

もし神父がそのことを他人に告げたら、それは神父が命を賭しても守らねばならない告白の内容を他人に喋ったことになる。もし神父が、こっそりその危険な葡萄酒を捨てても、やはり神父は自分が神父としての権能によって知りえたことを洩らしたことになる。男はその仕組みを利用して神父を試したのであった。

その神父は、そのことを知りながら、ミサに現れた。そして祭壇の上で毒の入った葡萄酒を飲んで倒れたのである。

この話を小説の中で書いた私は、恐らくは読者からは、「こんなバカな話」と言われるだけだろう、という気がしていた。しかし反応は全く違った。新聞に私の小説が連載されている間で、ここのところの反応がもっとも大きかったのである。

それは、小利口で小狡い人がいくらでもいる今の日本において、神父の生き方は痛烈に一つのアンチテーゼになっていたからかもしれなかった。

ここのところ、日本でも、脳死や臓器移植の論議が盛んである。そしてまもなく世間では「無脳症児」と呼ばれる子供の死を巡って再び熱い論争をすることだろうと思う。

私が持っているたった一冊の医学書によると、無脳症というのは、出生千例から二千例に一例の割で現れるという。大脳の広範な欠損があり、死産か、生きて生まれても生存は不可能である。

先天性の病気によって内臓の移植を行わなければならない新生児は多い。その場合、無脳症児はその提供者となりうるわけだが、脳の欠損のある子供に対して果たして脳死の確認ができるか、とか、無脳症児だからといって、すぐ提供者と考えることはあまりに無残ではないか、とか、今後さまざまな考えが示されると思う。

最近では出生前の検査で、既に無脳症がわかっており、その場合はすぐ中絶に踏み切るケースが多いという。

しかしカトリック的立場から言うと、ほんとうは迷うことはないのである。カトリックなら、妊娠中に子供が無脳症と診断されても、親はその子を普通の子供と同じように生むのである。病気の子だからと言って自分の生命を受けた存在を人為的になくすなどということは考えられない。

たとえその子が死産であっても、その子は夫婦の子供として生まれた。生きた時間が、一分でも一時間でもその間は親の手に抱いてやれたのである。そしてもし、長くは生きないのだったら、医学的に死亡させるのではなく、医学的に死んだと認められた時、その子供の親たちは恐らくその子の臓器提供を申し出るのである。

それはその子の存在の痕跡を大きく残してやるためである。十字架上で死んだイエスにも似て、よその子供に生命を与えて死んだ「小さなキリスト」にするためである。

まともな大人でさえ、人に命を与えるなどということはできないのに、その子は大の大人も不可能だった偉業を果たすことになる。その人間としての目映いばかりの光栄を与えるためである。

しかしこういう受け取り方は恐らく千人中九百九十九人までの賛同を得ることはできないだろうから、私も今後はめったに口にさえしないつもりである。

しかし私の身の回りには、信仰によって自分の命を差し出して、さまざまな形で人を救った人をまぢかに見ることができる。それこそが、私にとってはほんとうの「ビックリ物語」だったのである。

第6章

宴の後に持つべきもの

キラキラ輝く日本

もうずいぶん前の話として聞いて頂きたい。日本人が兎小屋に住んでいると言われた時代があったが、そういう日本が真に繁栄しているのか、それともそれは幻影なのか、素人の私には断定することができないでいた。しかしその頃の或る秋の一日、一人の韓国の知識人が東京に現れ、数年前にできた新しいホテルの前で私と待ち合わせた時、私の「東京はいかがですか？」という、ほんとうは深い意味はなかった筈の質問風挨拶に対して、彼女は、「一九六〇年代のアメリカみたいにキラキラしてますね」と答えたのだった。

いわゆる六〇年安保の年のアメリカを、私も偶然知っている。まだ自由に誰もがアメリカに行けるという時代ではなかった。ドルのレートは一ドル三百六十円であり、従って私たち日本人の旅行者は誰もが貧しかった。

その年のアメリカは何と輝いていたことか。二十代の終わりだった私はすべ

て に感動した。まず当時の日本には一キロも存在しないハイウエイというものを走って眼が眩んだ。こういう道が日本にもできるのは、恐らく私たちが死んでからだろう、と、夫と話し合った（実際はその数年後に東京の鈴ケ森から新橋まで、ハイウエイとは名ばかりのものが完成したのだが）。

アメリカの一般の住宅や飛行場やモーテルなどの明るい作りとその内部設備のぜいたくさ、自動車の豪華さとその性能のよさ、食物の豊富さ、オートメーションのはしりを思わせる自動販売機やその他のすべての先端的な機械類の豊富さにも、私は羨望を禁じえなかった。

私の性格の中に、今にいたるまで、伝統を追うよりも、新しいものを楽しむという軽薄なところがある。というより、伝統の理解者と後継者は、私の周辺にいつもたくさんいるので、そちらは任せておけばいいという気になるのである。しかしいずれにせよ、六〇年代のアメリカは輝いており、その輝きのほとんどすべてのものを日本は持っていなかったのである。

この韓国の友人の「優しいお世辞」の要素をも含む言葉をそのまま受け取っ

ていいとは思わないが、知識の上の日本人の歴史と、現在生きている同時代人の記憶のすべてを総合しても、現在、我々が手にしているこれだけの物質的繁栄が、過去の日本のいつの時代にもなかったこともまた明らかである。物質的繁栄がそのまま、その国家か社会の最盛期であるかどうかは問題のあるところかもしれないが、一応の目安にしないというのもまた不自然であろう。

一九八八年の夏、私は四十五日間の長い旅行をした。ほんとうはシルク・ロードを行く筈だったが、昔は大地が繋（つな）がっている限り、その途中に待ち構えている様々の困難さえ覚悟すれば、個人はどこへでも行けた地球が、今は政治的に分断されていて、中国も当時のソ連も、あちこちに基地があって、私たちの自動車旅行も決して自由にコースを選ぶことができない。そのため、その計画を延期してその次に行こうとしていた地中海の西半分を見ようという計画を実現したのであった。東半分は、ばらばらに、飛び飛びに、ほんのポイントだけという場所もけっこうあるが、アルバニアを除くほとんどの国を、一応駆け足ではなく歩いている。

参加したのは一九八四年にサハラを縦断した時以来のメンバーの一部で、パリ在住のカメラマン・熊瀬川紀氏とエジプト考古学者・吉村作治氏、それと三浦朱門に私である。ヨーロッパの歴史を習う時、ドイツ史とかフランス史とかいう習い方をするのは、実に不自然なことなので、地中海文化というものは、一つに考えなければならないということがいつのまにか私にも理解できるようになっていた。熊瀬川氏はアフリカとヨーロッパの取材にかけては長い経験があるし、吉村氏はエジプト学の草分けであり、しかも離婚された夫人はエジプト人だったということもあって、私は教えられることが極めて多かったのである。

私たちはパリでレンタカーを借り、ポルトガル、スペインを経て、ジブラルタルの近くからアフリカのモロッコに渡り、各地を見た後再びスペインに戻った。その後ヴァレンシア、バルセローナ経由で海岸線をフランスのマルセイユまで行き、そこからもう一度船で地中海を渡ってチュニジアのチュニスまで車を運んだ。

チュニジアに行ったのは、ほとんど残っていないカルタゴの遺跡とよく残っているローマの遺跡を見るためと、サハラ砂漠の端まで南下して、前回のサハラ縦断の時、一緒に行けなかった三浦朱門に、ほんとうの砂漠の一端を見せるためであった。

あとは北上して、シシリー島に渡った。ここはカルタゴとローマが何度か争った歴史的な土地である。シシリーからは、イタリアの長靴の爪先に上陸して、それからふくら脛の海岸線、つまりアドリア海沿岸の道を通ってヴェネツィアに出た。後はミラノ、トリノ、モンブラン・トンネルを通ってパリへ帰り着いたのである。それが四十五日、約一万二千八百キロの旅行であった。

絢爛たる繁栄の跡

一九八七年、東欧を一周した時にも感じたことだが、これらの地域は、いつの時代かに、同じ時代の日本が足許にも及ばないほどの文化を持っていたのである。

スペインのセゴヴィア、チュニジアのウドナ、フランスのポン・デュ・ガールで私たちは堂々たる石積みのローマ時代の水道橋を見た。モロッコのヴォルビリス、チュニジアのドゥガとトゥブルボ・マジュスは、共に緩やかな起伏を見せる丘の斜面におおらかに広がる絢爛たるローマの町であった。

スペインではセヴィーリヤのアルカサール、グラナダのアルハンブラ、コルドバのメスキータが、どれも華麗なイスラムの栄光を留めている。トレドはゴートとイスラムの歴史の上にカトリックの基礎を固め、ブルゴス、サラマンカ、バルセローナ、アヴィラの大聖堂は金と匠の技を結集した目映(まばゆ)い祭壇に天国を瞥見(べっけん)させようとしている。

アヴィラの城壁は十一世紀、サラマンカの大学が創立されたのは十三世紀であった。

ポルトガルでは、大航海時代の幕開けと共に、十五世紀以後、まずバルトロメウ・ディアスが喜望峰を巡り、バスコ・ダ・ガマがインドに達し、アルヴァレス・カブラルがブラジルを植民地とし、マゼラン隊が世界一周を果たした。ポルトガルはリスボンのテージョ河に面したコメルシオ広場に立てば、ドン・ジョゼ一世の銅像が立っていて、ここが東洋への玄関口であった輝かしい日々が偲ばれる。しかし今、広場からのびる数本の目抜き通りでお土産になりそうなものを探しても、これと言ったおもしろいものもたやすくは見つからない。

しかしこれらの土地に残された教会、広場、大学、モスク、城、などに残る彫刻、ステンドグラス、金細工、絵画、モザイクなど、どれ一つをとってみても、今日のその国でも、むろん日本でも、とうてい再現不可能なものばかりである。

カルタゴがローマと熾烈な戦いを繰り返したシシリーの歴史的な場所を、私たちはかなり詳しく見て歩いたが、その中にはピアッツァ・アルメリーナのモザイクを見る目的も含まれていた。ここに古い別荘群が発見されたのは一八二〇年のことであったが、その全貌が見えたのは一九五〇年の終わりだったという。

その一つ皇帝の別邸と呼ばれるものは、紀元三、四世紀以前から建造が始められたものだが、最終的にはディオクレチアヌス帝時代の四分領太守の一人であったマクシミアヌス帝の狩猟用の別荘になった。それは幾つもの入り口と浴室の集合部分、柱列のある待ち部屋と客間を含む回廊の部分、私的部分とバシリカ（商取引や裁判などに用いられた長方形の大会堂）と中庭という構成になっているが、そのモザイクのみごとさは、予想をはるかに超えた強さで私を圧倒した。

そのテーマの多くは、狩猟、魚とり、ギリシャ神話の物語、当時の遊び、そして性愛の表現である。中でも人目を引くのは、文字通り現代のビキニと同じものを身につけただけの娘たちが、愛らしいお臍（へそ）を見せて、アスレチックや球技をしている図と、愛し合った二人の恋人が抱き合っている図である。この娘は青年の首に齧（かじ）りつきながらもう半分衣装をぬぎかけているので、豊満なお尻が丸見えになっている。

モザイクというものは、太陽光線にも水にも強く、従って色褪せないという特徴を持った芸術である。私は何でも見ると自分でやってみたくなるという軽薄な性分なので、残りの人生をモザイク職人になれたらなどと夢想したほどであった。

チュニジアに行ったのは、ローマとカルタゴの遺跡を見るためであった。とは言っても、これがカルタゴというものはほとんどないに等しい。

フェニキア人の移民の国家として、錫(すず)を始めとする鉱物商人国家として、今のフランス、スペイン、リビアなどから集めた数万の傭兵(ようへい)を抱える国家としてカルタゴが六百六十年間続いた理由を、アリストテレスは『政治学』の第二巻第十一章で次のように書いていると、服部伸六氏はその著書『カルタゴ』の中で書いておられる。

「カルタゴ人は多くの点で、よく治まっているとの評判で、彼らの国政は他に較べて優れている……カルタゴの制度の多くは良好である。それは国の制度がよく出来ていて人民の支持を得ていたという証拠である。注目すべきことに、そこには反乱もなければ、僭王の生まれたこともなかった」

それでもなお、それほどに「よく治まっていた」国家が遺跡さえほとんど残らないような状態で滅びたのであった。カルタゴだけではない。今度私が訪れた国々、或いは都市国家は、すべて過去に持っていた繁栄の最盛期をことごとく過ぎたのである。とすれば、今が最盛期と言われる日本にも、当然いつかは衰退の兆しが来るはずである。アメリカのように、自国の繁栄がかなり長いこと続くことを信じて疑わないほうがずっと歴史の現実を無視したことになる。

しかし、それならなぜ衰退が来るのだろうか。人間の運を半分だけしか信じなかったマキャベリは『君主論』の中で次のように書いた。

「もともとこの世のことは、運命と神の支配に任されているのであって、たとえ人間がいかに思慮を働かせても、この世の進路を修正することはできない。いな、対策すら立つものではない。と、こんなことを、昔から今にいたるまで、多くの人が考えてきたことを、私も決して知らないわけではない。（中略）

ことに現代では、人間の思惑をまったく越えた世相の激変を日夜見せつけられているので、こうした見解はますます受け入れられている。（中略）だが、我々人間の自由な意欲は、どうしても失われてはならないものであって、かりに運命が人間の活動の半分を思いのままに裁定することができるとしても、少なくとも後の半分か、または半分近くは、運命も我々の支配に任せていると見るのが真実であろうと私は考える」

これはまさに現在の日本を見据えつつマキャベリが書いたと言ってもいいような文章である。

日本に内在する〝衰退〟

芸術の世界にも滅びの美学というものがある。『荒城の月』は、城が落ち、無人の廃墟（はいきょ）と化した所にかかる月でなければならないのであって、ヨーロッパにおいても人工の廃墟を庭に作った時代があった。

しかしそれは、こと、芸術に関する姿勢であって、人間社会は決して崩壊、衰退、退廃、滅亡、といったものを愛しはしない。そしてまた文明論としても、総じて生成の原因を探り、その経過を印したものは実に多いが、反対に衰退や衰亡や滅亡について、積極的に冷静に取り組んだものは、絶対数において少ないのである。

もっとも、予測というものは、地震や火山の噴火、或いは、株の相場から賭事・占いに至るまで、常に原則としてはほとんど当たらないものであるし、私自身、予測とか予感とかがその通りになった例がない。だから、日本が近く衰退するであろう、という予測も私の妄想だけとしたら、やはりこれは慶賀すべきことなのであろうとは思う。しかし人間が確実に死ぬように、すべての繁栄もいつかは必ず衰退に向かう。その必然に対して準備をしないのは間違いだ、と私は旅の間何度も思ったのであった。

同時に、私は極めて現実的な立場から、日本の衰退の原因を考えていた。

第一は、技術の進歩の停止である。アメリカがいつまでも、自国を政治的、経済的、物質的先進国家としか考えられないことがおかしいように、日本の先端技術も、いつまでも先頭を行くという保証はどこにもない。

私は最近幾つかの体験をしたばかりであった。一つは地方の有名な陶器の産地で通りがかりの売店を覗いた時である。日本人は、世界一きれいな食器で庶民が食事をしている国である。しかしその店にはその土地の陶器産業が人をバカにしているとしか思えない安易な製品が並べられていた。

庶民めあての製品が粗雑になり、技術を失ってきただけではない。有名な画家、作家たちが、詐欺に等しいなぐり描き、粗製乱造した作品を出して平気なのである。昔の慎ましい職人芸など望むべくもない。こういう空気はいつしか日本の厳しい技術水準を根本からくずすであろう。

第二は道徳の欠如である。

というより、人が見ていないところで、人間がどう振る舞うかという問題である。

本来、徳というものは強い力、或いは著しい効力を持つものであるはずである。

る。それは、ラテン語ではヴィルトゥスから来ており「美徳、高潔、善」などを示し、女性の「貞潔」を指す言葉でもあれば、「男らしさ」を意味する単語でもあった。ギリシャ語でも、徳は「アレーテー」と言い、「良いこと、男らしさ、勇気、精神の気高さ」などを表す。

しかし現在の日本では、これらはことごとく、本気で評価されないのである。高潔は愚かしく損なことであり、貞潔は時代遅れの観念、男らしさは暴力と同義語か「草食系動物」から見たら愚かしい特性であり、勇気は戦争の代名詞であり、精神の気高さに到っては階級思想ととられかねない。しかしヴィルトゥスやアレーテーなき世界は恐らく活力を失うのである。

一方で肉体の力の方はどうなのだろうか。

私は趣味で、砂漠や、いわゆる発展途上国と呼ばれるような国々に、多少の困難や緊張が必要と思われる旅行をするが、それは、いざという時、自分が少しでも外界の変化に平静に耐えることができるようにしておくためである。ほんとうは私も人並み以上に楽なことが好きで、暑くもなく、寒くもない部屋で、好きなものをたらふく食べて、怠惰に、一切の義務から解放されて生きていたいのである。しかしそういう怠惰な肉体と精神にしておくと、いささかの変化にも耐えられなくなってすぐに自分を失うようになるだろうと考える。それが恐ろしいから、私は年にほんの数十日だけ自分を鍛えるのである。

第三の点はこのこと、つまり日本人が、ことに子供たちを、常に本気で原始的な生活に馴れるように訓練しないことである。状況の変化に対する心身の適応の訓練ができていないと、ほんの少しの環境の変化で、もう人間としての総合的な本来の能力を引き出すこともできなくなる。

いつか或る自然科学系の大学の先生から聞いた話だが、「もし停電になったら」と言うと、最近の学生は笑うのだと言う。「めったに停電はしませんよ」というのが、彼らの答えなのである。しかし現実はそうではない。先進国以外の地域を旅行していれば、停電はいくらでもありうる。

大規模な停電というのは、部屋が暗くなることだけではない。水が出なくなるから水洗トイレが使えなくなることであり、エレベーターが止まるから数十階の階段を足で上り下りすることであり、電気が止まるから冷暖房がきかなくなり、冷蔵庫が使えなくなって冷たいビールが飲めなくなるのはもちろん、一切の食料の貯蔵がきかなくなり、かつ腐ることである。更にそれは、電車が止まるからどこまででも歩いて行かねばならぬようになることであり、電話やコンピューターが混乱するから政治も経済もストップすることである。

第四は、情報の過剰によって、次第に自分で判断することの不得手な人が増えることである。つまり人間の判断は分解され、その時々によって社会がお題目のように唱えていることが真実だと思ったり、冷静な分析を行わないために論理の辻褄が合わなくても平気でいられるようになることである。

現代は、その中に生きながら、そして、見かけはけっこう社会に積極的にかつ良心的に参加しているように見えながら、少しも自分は傷つかないで生きられるという不思議な構造を持っている。つまり無限に体裁だけ「良心的でヒューマニスティックな」生き方ができるのである。

例えば、自分が少しも損をせずに……しいて言えば、署名したり、歩いたり、歌を歌ったり、手をつないだり、アピールを採択したり、一円玉（或いは十円玉や百円玉）をカンパしたりするという程度の児戯に等しいことをするだけで——反戦運動が可能であり、正義と人権を守り、社会福祉や土地問題を解決できると信じ、他人や社会や政府にそれを要求するような姿勢である。

国の凋落にいかに対処するか

すべての社会の改革に対しては、とことん論理を推し進めていくところがなければ、新鮮な活力は出てこないはずだが、日本の現状は決して冷静な対処をしていない。都合のいいところでヒューマニズムが引き合いに出され、都合の悪いところでは道徳は古いと言う。これも一つの破滅的な幼児性である。

第五は「世界的な」ではなく「日本の場合の」人口の減少傾向である。

モンタネッリは『ローマの歴史』の中で次のように書いている。

「だが、軍制の危機もまた、より深刻な生態学的危機の結果にほかならない。それは、家族の崩壊と避妊、中絶の普及によって、上流階級から始まった。ナポリのことわざに『魚は頭から腐る』と言う。誇り高いローマ貴族階級は、おそらく世界がかつて持ったもっとも偉大な指導階級で、純潔、勇気、愛国の模範を数世紀にわたって提供し続けたのだが、ポエニ戦争後、特にカエサル以後、利己主義と悪徳の模範となり始める。この階級の諸家系は、戦争、内乱、政治的迫害のため子弟を多く失ったが、それら名門の断絶の主因は、子供がなかったことである。（中略）

悪い手本はすぐに広まるもので、ティベリウスの時代にはすでに、農民に産児奨励補助金を出さなければならぬほどだった。農村も産児制限を行い、次第に過疎となった。ペルティナクス帝は、無人化した農場を、耕す気のある者に無料で提供した。そして、道徳的真空の結果生じたこの物理的真空に、外国人が浸透して来た。この過程が非常に急速だったから、ローマは彼らを吸収同化するひまがなく、また彼らに依拠して新しい生命力にみちた社会を作る余裕もなかった」

ティベリウスの時代を今にそっくりだと簡単に言ってはいけないだろう。ただ来る（きた）べき世紀に、ロボットと同じ役しか果たせない人間は、再び何ら創造的喜びも指導的誇りも計画的自由も持てない精神的奴隷の境涯に追いやられ、ただ仕事にもプロであり、生き方の選択においても個性的である人のみが自分の主人となり、人間を確保するであろう、と私は思っている。

「働き過ぎの日本人」も生き方の個性を確立できなくて人間を失うことになろうが、「時間がくればさっさと帰る○○人」もまたロボット以下となることで人間を失うのである。

先にも述べたように、歴史の生成発展の経過を述べた本は溢れている。しかし衰退滅亡について書かれた本はその十分の一にも満たない、という感じである。何ごとも悲観的であることを強みに今日までやってきた日本人としては、生きている人間にとっての必然的な死と同様、高みに登りかけた者がどうしても辿（たど）らねばならない運命としての凋落の時に対して、今からしっかりとその哲学を準備する義務があるのではないだろうか。

凋落と滅亡はしかし意味がないのではない。モンタネッリは次のように書いている。

「上から見下ろしてもっともらしい理屈をつければ、ローマは使命を帯びて生まれ、それを果たし、それと共に死んだと言える。その使命とは、ギリシア、オリエント、エジプト、カルタゴなど先行諸文明をまとめあげ、ヨーロッパと地中海全域に普及し、根をおろさせることである。哲学でも芸術でも学問でも、ローマの創造したものは少ない。だがその普及の道を開き、その防衛軍を提供し、その秩序正しい発展を保証する厖大な法律体系を用意し、その普遍化世界化のための言語を完成したのは、まさしくローマだった」

どの個人にもその社会で占めるべき使命があったように、どの国家と民族にもその時代に果たすべき役割がある。おもしろいことに、多くの国家において、かつてその国民が得意とした分野がそのまま凋落の原因になるのである。

「日本は差し当たり超伝導で勝ち抜くかどうかですよ」

とかつて私に言った一技術者がいたが、その言葉が正しいとして、それで日本が勝ち抜いたとしても、恐らく次の、或いはその次の課題で日本は凋落の兆しを見せるのである。

しかしそれで悪いということは少しもない。モンタネッリは今ローマ人が「ローマがんばれ」と情熱をこめて叫ぶのはサッカーの試合の時だけだ、と温かい皮肉をこめて書いている。

そして私としては、そのような国家的運命に対しても特に悲劇と思うことなく、「ものごとを軽く見ることができるという点が、高邁（こうまい）な人の特徴であるように思われる」というアリストテレスの『エウデモス倫理学』の中の言葉を当てはめてその運命を受けるのも、一つの態度だと考えているのである。

神を畏（おそ）れる人の知恵

一九七五年、第一次オイル・ショックを契機に、私は初めてアラブ諸国に旅行した。イラクは知らないが、リビアにもサウジアラビアにもクウェートにも入った。そしてそこに、日本人の論理とは全く違うものの考え方をする人々がいて、深く感動した。それは、私が彼らを相手に商売をしていないからだ、ということは言えた。もし厳しいビジネスをしていたら、考え方が違うことに感動したなどとたわけたことは言っていられない。違うのはひたすら困るだけなのである。

しかし私は一応キリスト教徒だから、彼らの一神教徒的な発想を受け入れることには、それほど困難を覚えなかった。イスラムにとって神がいないという人は不気味なことだから、彼らは無神論者よりも、私のような他の宗教を信じている人をまだしも信用する、と教えられたし、私もまた彼らの生活ぶりを見て「あの人たちにもし信仰がなかったら、もっと近代化が早くできるでしょうに」というような日本人にありがちな反応に苦しめられずに済んだ。神がない生活など、彼らから見たら、自分の存在を失うことと同じであった。それはやはり唯一なる神を信じるユダヤ教でも同じで「神を畏れる人が、知恵を持つ人だ」と彼らも考えたのである。知恵がなければ、人間は獣と同じになる。だから、宗教さえなければ近代化が遂げられるなどとアラブ諸国で考えるというのは、彼らから見たら破壊的な思想なのである。

気候風土のあまりにも大きな違いも、私を圧倒した。彼らの多くが生きた砂漠、歴史的に彼らの祖先伝来の感性を作った砂漠は、もともと人間の生を許容しないところである。そこに僅かな水があると、その水は自分たちの部族のメンバーとその家畜を養うに足りるだけの量しかないのが普通であった。オアシスの権利に対する厳しさを日本人は知らない。遊牧民たちが、気儘（きまま）に放牧を続けて、今日ひょんなところでこんなところにオアシスを見つけたから、今日はここで泊まろう、というような感じのウィスキー会社のコマーシャルを見たことがあって、いくらコマーシャルにせよ、こういうものが放置されているから、アラブについても日本人の多くが判断を誤るのだろうと思った記憶がある。オアシスの権利は、彼らが命を的に守ってきたものなのである。他部族が入ってきたら、実力で追い払わなければならない。だから、闘争は彼らの歴史的な世界の中で日常茶飯事であった。

「過去のことは水に流して……」という台詞も、アラブでは通らないこともおかしかった。多くの遊牧民は、過去を流せるような、一年中水の流れている川などを見たこともなく暮らしている。だから水に流すとはどういうことか、実感がない。日本人の神も仏も複数だから、「捨てる神あれば、拾う神あり」という、優しさかいい加減さかわからないようなものに対する合意もあるが、一神教の神は一人だから、ずっと覚えていて裁くのである。

私は幾つかの極めてアラブ的な光景を思い出す。もう十八年近く前、エジプトのシナイ半島へ行った時のことである。私たちの乗ったバスはシナイ山の麓で給油して帰る予定であった。そこにガソリン・スタンドがあると地図には書いてあったからである。しかし行ってみると、そのような場所はなくなっていることがわかった。しかしそのままでは、バスはとうてい最初のガソリン・スタンドまで数百キロを戻ることはできないのである。

あたりは不機嫌な岩漠と土漠と猛々しいほどの青い空だけである。私たちは仕方なく、軍隊が道路の舗装工事をしている基地に行った。何とかしてガソリンを分けてもらおうというのである。幸い私たちのグループには一人のエジプト人と、二人のアラビア語を喋る日本人がいた。その人たちが交渉に行き、やがて彼らは少しむずかしい、しかし安堵がほの見えないでもない表情で戻ってきた。

どうやらガソリンを分けてもらえることになったらしい。私たちは、口々に「ありがとう」を繰り返して基地を出た。

門を出てしばらく行った時、私はたまらなくなって尋ねた。

「あのガソリン、いくらで譲ってもらえました?」

「当ててみてください」

仲間の一人はにやにや笑っている。

失礼な話だが、私はその時、軍の司令官がガソリンを横流しして、それで儲けた金を自分のポケットに入れたのだろうと推測していた。しかしその予測は全く外れた。ガソリンはただで私たちに与えられたのであった。

力の弱い者への慈悲

「ここの部隊の偉い人の家が、たまたまカイロの郊外で僕の住んでる家と同じ町だったんです。その話が出たから、じゃあ兄弟のようなもんじゃないか、と言ったんです。そしたらお金はどうしてもいらない、と言うんです」

アラブは徹底した力の社会である。人間は皆平等、などという発想はない。主人は主人、雇い人は雇い人。金持ちは金持ち、貧乏人は貧乏人。しかしそれだけに、力の弱い者には、また誰でもが慈悲の心を示す。

「顔」を立てるということも、アラブ社会では非常に大切なことである。人前で叱ったり、相手を徹底してやっつけた形で争いを収束してはいけない、と言う。「勝者もなく、敗者もなく（no victor, no vanquished)」という形でことを収めなくてはいけない。

豚肉を食べないこと（豚肉を使っていることを示す絵や表示のあるインスタント・ラーメンも）、酒を飲まないこと、婦人に話しかけたり写真を撮ったりしないこと、相手の宗教的行事や習慣を重んじること、その土地にいる限り、外国人でも女性が肌（手脚）を露にしないこと、などはイスラムでも戒律のもっとも厳しいサウジアラビアなどでは基本的に守らなければならないことである。外国人だからいいだろう、ということはない。

日本人がイラクで人質になったことがあったが、その交渉の最適任者はほんとうは天皇陛下か皇太子殿下でいらっしゃる。アラブの為政者たちは、常に大物しか相手にしない。しかしそれが不可能というのであれば、先に述べた条件に少しでも合う人を探さなければならないことになる。つまりその人は日本が持つ人間的切り札の中で一番世界に知られた大物であり、神を信じ（神を信じない人は人間ではないから）、友好的状況の中でサダム・フセインに会ったことがある人であることが望ましい。知らない人がいきなり行っても効果は薄いだろう。

女性の政治家を交渉に向けようという話もあるというのだが、それはおよそアラブ社会を知らない人の発想に思える。なぜならアラブはまた徹底した男性社会である。もちろん現代では、能力のある女性が社会で働いている国も多いが、それでも、彼らにとって重要である「顔」も、女にはないことになっているくらいだから、女が交渉の場に出てきても、話は進展しない。

今まで日本はオイル・ショックの危機が喉元を過ぎると、すぐアラブを厚く遇することを忘れた。しかしアラブはそのような浅はかな、ご都合主義の国や人をまたはっきりと侮辱する。エネルギーの問題に関してアラブ諸国の力を借りなければならないのなら、日本は常にアラブに関して（金を出すだけではない）古い誠実な友でい続けなくてはならないのである。アラブの格言の中には「敵には一度、友には常に気をつけよ」というのがあるほど、彼らには冷めたところもあるのだが、一方で砂漠で敵味方共に生き延びるには、お互いに理性ある保護なしには不可能なことも彼らは知っているのである。

この際、私たちはやはりもっと彼らの心情を知る必要がある。「皆が平和を望めばそうなるのに」式の甘い考え方が、世界中で道徳的にも通ると信じ切っているのが日本人なのである。

新聞社も、その手でアラブ問題を考える投書を平気で投書欄に採用する。このような新聞社の無知が続く限り、日本はアラブとのやや安定した関係を維持することもむずかしい。アラブはもちろん、西欧にもアメリカにも「真理のため、国家と国民の安全のためには、人は死なねばならぬ時もある。そしてその死は栄光に包まれたものである」と考える人はいくらでもいる。

善悪ではなく、どちらが変わっているかと考えると、考え方が孤立しているのは日本人の方なのである。

神以外に恐れる必要はない

宗教というものは科学の足を引っ張るものだ、という考え方は、現在の日本でもまた大勢を占めている。もっとも立派な科学者の中には信仰を持つ人もかなりいて、それはむしろ当然だと言う人もいる。人間の能力が宇宙の法則のほんの僅かな部分しか知ることができないことを思う時、或いは人間の予測が常にどれほど現実とはずれるかを思う時、或いは臨終の苦しみの中で神など絶対にいないと言い切れる人がどれだけいるかを思う時、意識の中に宗教的なものが全くなくていられる、という人の方が少ない、という説なのである。

私は十代の時からカトリックの信仰を持ったが、決してキリスト教だけがほんとうの宗教だなどと考えたことはない。ただ宗教の中で、現世の利益を求めるものは不純だと思っている。これを信仰すると、病気が治るとか、お金儲けができるなどというのは、私の考える信仰の本質にない。もちろん信仰によって、穏やかな性格になり、結果として病気が治ったり、商売がうまくいったりすることはあるだろう。しかし真の信仰を持つ人は、現世で得をするどころかむしろ損をすることの方が多い、と考えなければならないのである。

神がないと、裁判所の宣誓は誰に対してするのだろう、と私は考える。また、冤罪を被った時、信仰がなければ、現世で失った自分の人生はどんなにしてももう取り返せない。もちろん私も冤罪を被れば、当然世を恨むと思うが、究極的には神が真実を知っているということで辛いが納得するだろう、と思う。

アウシュヴィッツで両親、妻、二人の子を殺されたフランクルは、その代表作、『夜と霧』を次のような言葉で結んでいる。

「解放され、家に帰った人々のすべてこれらの体験は、『かくも悩んだ後には、この世界の何ものも……神以外には……恐れる必要はない』という貴重な感慨によって仕上げられるのである」

曽野綾子

その・あやこ

1931年東京都生まれ。作家。聖心女子大学卒。『遠来の客たち』(筑摩書房)で文壇デビューし、同作は芥川賞候補となる。1979年ローマ教皇庁よりヴァチカン有功十字勲章を受章、2003年に文化功労者、1995年から2005年まで日本財団会長を務めた。1972年にNGO活動「海外邦人宣教者活動援助後援会」を始め、2012年代表を退任。『老いの僥倖』(幻冬舎新書)、『夫の後始末』(講談社)、『人生の値打ち』『私の後始末』『孤独の特権』『長生きしたいわけではないけれど。』『新しい生活』『ひとりなら、それでいいじゃない。』『90歳、こんなに長生きするなんて。』『結局、人生の最後にほしいもの』『少し嫌われるくらいがちょうどいい』『幸福は絶望とともにある。』(すべてポプラ社)などベストセラー多数。

本書は、2010年に海竜社から刊行された『三秒の感謝』に大幅に加筆修正したものです。

編集協力　　高木真明

今日も、私は生きている。
世界を巡って気づいた生きること、死ぬことの意味

2023年9月11日　第1刷発行

著　者　　曽野綾子
発行者　　千葉　均
編　集　　碇　耕一
発行所　　株式会社ポプラ社
〒102-8519　東京都千代田区麹町4-2-6
一般書ホームページ　www.webasta.jp
印刷・製本　中央精版印刷株式会社

N.D.C.914／238p／18cm　ISBN978-4-591-17891-1

P 8008433